遥は佳人の後頭部に手のひらをあてて引き寄せ、もう一度軽く唇を合わせた。

「……いいな？」

「必ず、来ると約束してください」

（本文より）

BBN
B●BOY NOVELS

情熱のゆくえ

遠野春日
イラスト／円陣闇丸

この物語はフィクションであり、実際の人物・
団体・事件等とは、いっさい関係ありません。

CONTENTS

情熱のゆくえ

十一月に入ると、寒暖の差が激しい日が多くなった。

門前にぴたりと停められた社用車のドアを開いて遥《はるか》を待っていた佳人《よしと》は、朝の冷えた風を受け、微《かす》かに身震いする。

「なんだ。寒いのか」

すかさず遥の声が頭上から降ってきて、不意を衝《つ》かれた佳人は狼狽《うろた》えた。

門扉《もんぴ》から続く石段を、遥が大股で下りてくる。

佳人の胸はドキリと高鳴った。

毎日同じ屋根の下で暮らしているというのに、遥の姿を見ると佳人はまだときどき胸の鼓動を速くする。特に、仕立てのいいビジネススーツを纏《まと》った遥には、いつも見とれてしまうのだ。朝食のテーブルで今朝最初に顔を合わせたときもそうだった。一日に何度こんな気持ちになるのか、自分でもわからない。自分はどこかおかしいのではないか、と佳人はたまに不安になる。しかし、きっとこの先もずっと、こうして遥を見るたびに、動悸を抑えられない気がする。遥に悟られないようにするだけで精一杯だ。

「今から寒さで身を縮めていたら、冬はどうするつもりだ」

そう言いながら遥は車に乗り込んだ。

続いて佳人も横に座る。

「すみません」

「べつに謝る必要はない」

「はい」

社長と秘書が乗ったことを確認すると、運転手は注意深く車を走らせ始めた。

短い会話をそっけなく交わしたきり、遥は深々とシートに体を預けたまま黙り込んでいる。いつものことだが、ゆったりとしたベンツの後部座席は、なんとも形容し難《がた》い奇妙な空気に包まれていた。

佳人が遥の秘書として働き始めて、四ヶ月近くになる。

仕事自体にはずいぶんと慣れてきたものの、遥との関係は、進展しているような停滞しているような、どちらとも言い難い状態だった。

相変わらず佳人は遥を前にするといろいろな意味で緊張する。遥の表情が読めなくて当惑し、どうしていいかわからなくなったり、好きの感情が昂《たかぶ》って言葉が素直に出せなくなったりと、いつも気を張り詰めさせてしまうのだ。

一緒に住み始めてからは、八ヶ月ほど経っていた。普通ならば、いい加減打ち解けた会話を自然に交わせるようになっていていいはずだと思う。しかし、二人の距離感はいっこうに縮まらない。佳人の中にまだ遥への遠慮があって、なかなか甘えた態度をとることができないせいだろうか。それとも、遥がどうしようもなく不器用だからだろうか。

二人は、ただの同居人以上の関係を、すでに何度か結んだ仲だ。お互いに想い合っていることははっきりとわかっている。つまり、言葉でわかり合うのが苦手なら、もっとたくさん肌を合わせてわかり合えばいい関係のはずなのだ。しかし二人ともそういう色めいた雰囲気を作るのがまた苦手で、いまだに別々の部屋で寝ているのだから、事情を知った人にすれば、他人事ながら焦《じ》れったくてたまらないだろう。

遥が一言、今夜俺の部屋に来い、と言ってくれればいいのだが、遥が口にするのはせいぜい、早く休め、程度である。そして自分は遅くまで書斎に籠《こ》もっていることが多い。

誰かを好きになるのは遥が初めてだから、佳人は世間の恋人同士がどういうふうにするのかよくわからない。長く特殊な環境にいて、淫蕩《いんとう》な夜の生活を体に覚え込まされてしまっている自分があさましいだけなのかと思うと、とても遥に自分から望む勇気が出ないのだ。

たぶん遥は、佳人がこんなつまらないことで悩んでいるなどとは、露《つゆ》ほども想像しないに違いない。

佳人は遥の綺麗《きれい》に整った横顔をちらりと見た。

目を閉じて腕組みし、何事か考えを巡らせているような硬い表情をしている。きっといずれかの会社のことを考えているのだ。

遥には佳人のように些細なことで悩んでいる時間はなさそうだった。六つもの会社を経営して、毎日毎日ほとんど休む暇なく働いている。端《はた》で見ていて心配になるほどだ。いつ過労で倒れてもおかしくないほど忙しくしている遥を、佳人はとてもプライベートでまで煩《わずら》わせることはできない。決して遥の負担にはなりたくなかった。

「佳人」

ずっと思案に耽《ふけ》っているものとばかり思っていた遥に唐突に話しかけられて、佳人は慌てて気を取り直す。

「鈴木《すずき》が戻るのは明後日だと言っていたな?」

「はい」

鈴木というのは遥のボディガードだ。どういう経緯で遥が常に身辺を警護させているのか、佳人はまだ聞いたことがない。ただ、東日本最大規模の川口組《かわぐちぐみ》幹部たちと交流があるくらいだから、裏社会とも何らかの形で繋がりがあり、一筋縄ではいかない連中と確執があったりもするのだろうと想像はできる。ともすれば過去に危険な目に遭《あ》ったことがあるのかもしれない。遥に堂々と「惚れている」と言って憚《はばか》らない、川口組きっての大幹部である東原《ひがしはら》あたりが、ボディガードを勧めた可能性はあった。

その鈴木は昨夜から祖母の葬儀のために、田舎に帰っている。

佳人は遥に返事をしてから、また昨夜感じた不安をよみがえらせた。

警備会社が、鈴木の代わりに他の人間を回す、と言ったのを、遥はあっさりと断ってしまったのだ。佳人が心配だからといくら説得しようとしても、遥は無視した。あの場は佳人が引いたが、今また鈴木のことが話題になり、佳人はもう一度遥に考え直してほしいと思った。遥自身も案外気が変わったからこの話題を持ち出した気もする。

「やっぱり警備会社にもう一度連絡しますか？」

佳人がそう言うと、遥は微かに眉根を寄せて考える間を作った。

遥の口から出る言葉に期待していた佳人だが、ややしてから遥は、およそ佳人の見当と外れたことを言い出した。

「昨日は慌ただしかったからおまえに言っておくのを忘れたが、明日、俺は翠《みどり》が島《しま》という場所に急遽《きゅうきょ》行くことになった」

「翠が島、ですか」

「真浦《まうら》半島から船で二時間ほど行ったところにある小さな島だ。昔は人が住んでいたが、過疎化が進んで今では無人になっているらしい。何もないが自然に溢《あふ》れた美しい島だそうで、そこでAVのロケをすることに決まった。今回は俺も顔出ししてくる。例の、元アイドルを起用しての生本番シリーズ第一弾だ。落ちぶれてもプライドだけは高いわがまま女優のご機嫌取りをしておかないと、まずそうなんでな」

「……はい」

遥がその元アイドルとどうにかなると疑うわけではないのだが、佳人はやはりいい気はしない。しかしこれも遥の仕事の一環なのだから、まさか、行かないでくれ、とも言えない。佳人の返事はそんな気持ちを反映して、歯切れが悪くなる。もちろん、ボディガードの話をうやむやにされた気がして、すっきりしないせいもあった。

「朝早めに出発して夜には戻る予定だが、おまえ、大丈夫だろうな？」

遥がいったいなにを心配しているのかわからず、佳人は訝《いぶか》しさに首を傾げた。

まさかこの期に及んで、佳人が遥の許から逃げるなどと考えているわけではないだろう。今佳人ははっきりと自分の意志で遥の傍《そば》にいるつもりだった。遥もそれはわかっているはずだ。遥に払わせた一億のことは、ときどき重苦しい枷《かせ》として佳人をさいなむが、そのせいで縛りつけられているという意識は、佳人の側にはすでにない。いつか返せるものなら返して、遥と本当に対等な関係になりたいのだが、一小市民である佳人には金額が途方もなさすぎて、きっと一生かけても完済は無理だ。けれど、せめて死ぬまでに半分は返したい。佳人はそう思っている。遥に、自分のこの気持ちだけは疑ってほしくない。

「おれは……」

逃げたりしませんよ、と続けようとしたのだが、ちょうど遥も次の言葉を喋《しゃべ》りだして、遮られる形になった。

「明日だけ警備を頼むことにするか？」

そこで遥は一段と声を低め、佳人の耳にだけ聞こえるような小声で付け足す。

「おまえは俺が目を離すとすぐにろくでもない男に引っ掛かるからな」

え、と佳人は肩すかしを食わされた気分で、遥の意地悪そうな顔を見返す。

遥はニヤリと唇の端を持ち上げ、からかうように佳人を見ている。

夏の真っ盛り、待ち合わせ場所に立っていたとき男に執拗《しつよう》に言い寄られ、困っていたところを、遥に救われた一件が頭によみがえる。

なんだ、そういうことなのか、と佳人は安堵《あんど》と気恥ずかしさと嬉しさとを一気に込み上げさせていた。遥は自分の身より佳人のことを心配している。それをそんなふうにしか言えないのだ。決して佳人が逃げるとか浮気をするなどと疑っているわけではない。

「社長は、意地が悪いです」

「そんなことはない。昨日しつこく警備のことを言っていたのはおまえだろう。俺もよくよく考えたら確かにおまえが心配になった。明日は一日別行動だからな。それで警備を頼むか、と聞いたんだ」

「警備が必要なのはわたしではなく社長です」

「俺は必要ない。その話は昨夜すんでいるはずだ」

佳人は遥の頑固な口振りに、これ以上言っても無駄だと諦めた。

「わかりました。では警備は頼みません。わたしのことは心配していただかなくても大丈夫ですから、社長は心おきなくロケ見学に行ってください」

ふん、と遥が面白そうに鼻を鳴らす。

「拗《す》ねるな。それともおまえも同行するか？　女優の裸が見たいなら、来てもいいぞ」

「えっ……そんな、結構です」

どんな顔をしていいかわからなくなったので、佳人は遥から顔を背け、車窓に目をやった。冗談だとは承知しているのだが、どうしてもスマートに受け流せない。佳人にとって遥の冗談は、心臓に悪いのだ。

そうか、とあっさり言って、遥は長い足を組む。

次に口を切ったときにはすっかりいつもの事務的な口調になっている。

「そういうわけだから、至急明日のスケジュールを調整してくれ。今日に前倒しできるものは極力すべて繰り上げ、先方との連絡に洩れがないようにしろ。元々明日の予定はたいしたものを入れていないから、どうにでもなるはずだ」

「はい」

佳人もすぐに秘書の顔になって返事をする。

プライベートでも仕事上でも、佳人は遥の役に立ちたいと心の底から思っている。春先に偶然出会い、ヤクザの囲い者という特殊な環境から救ってもらったときから、ずっとその気持ちは続いている。最初は恩返しという意味が大きかったのだが、今ではもっと純粋に、ただ遥に尽くしたい気持ちがあるだけだ。

遥のためならなんでもしたい。

まだまだ修行中で、自分の仕事ぶりが腑甲斐《ふがい》なく感じられることも多いのだが、遥にとってより優秀な秘書であるよう、佳人は常に努力していた。

「おまえもずいぶんと秘書らしくなってきたな」

仕事の話が一段落したところで、遥が不意にそう言った。

「そ、そうでしょうか……?」

率直な褒め言葉が遥から出るのは珍しい。

佳人は半信半疑だったが嬉しさは隠せずに、頬を熱くして問い返していた。

「ああ」

遥が耳に心地よい低音ボイスで短く肯定する。顔つきもいつもとは微妙に違い、柔らかみを帯びたものになっている気がした。

「今夜は久しぶりに外で食べて帰るか」

「……はい」

「これはプライベートな誘いだぞ、佳人」

佳人は気恥ずかしさに俯《うつむ》き、落ちてきた前髪を指で搔き上げる。

「わかっています。おれは、かまいません……。遥さんにお付き合いします」

心臓が割れそうだった。

遥からこんな誘いがあるのは稀《まれ》だ。月に一度、あるかどうかというくらいだろう。

「店は俺が予約しておく」

さらりとそう言った遥の横顔は、もういつもの無愛想で厳しい表情に戻っている。

車はちょうど、本日最初の行き先である通販会社の本社が入ったビルに到着したところだった。

佳人は先に外に出て扉を支え、遥を待つ。

遥は長身を潜らせて車を降りると、佳人には一瞥《いちべつ》もくれずにエレベーターホールに向かって歩きだした。

ドアを閉めて運転手に一言声をかけてから、佳人もすぐに遥の背中を追っていく。

また慌ただしい一日が始まった。


遥は冷たい無表情の下に、豊かで深い愛情を隠している。

朝の約束どおり、仕事を終えてから遥と二人で食事をし、軽く酒を飲んでから帰宅した。

二人だけで外食して帰ることは今までにも何度かあったのだが、真っ直ぐに自宅に帰って食事するときとなにがそれほど変わるというわけでもない。ただ、雰囲気が変わるぶん、少しだけいつもとは違う夜の展開を期待してしまうのは確かだ。

しかし実際は、佳人は遥がこの後どうするつもりでいるのか予測できなかった。

書斎で一仕事すると言うか、風呂で背中を流せと言うか、月見台で飲み直すと言うか、いずれにしても佳人をベッドに連れ込む確率はほとんどないと思っていたほうがいい。

遥が淡泊な男だとは思えないが、とにかくこのことに関してはお互いぎこちなさが取れない。前に遥と抱き合ってから、もう一月ほど経っていた。

あれは遥が接待ゴルフで温泉に一泊して戻ってきた日の夜だった。

遥の帰宅を待っているうちに茶の間でうたた寝していた佳人を、遥はちゃんと布団に入って寝ろと揺り起こした。佳人が寝込んでいた間に遥はすっかり寝支度を整えていて、焦った佳人が二階に上がろうとしたところを、こっちだと腕を引かれて予備の客室に連れていかれたのだ。

そこには一組だけ布団が敷かれていた。

遥がすぐに明かりを消して真っ暗にしてしまったので、表情は見えなくなったが、遥はしっかりと欲情していた。疲れていないんですか、と聞いたら、疲れているさ、と返ってきた。疲れているほうが遥はそういう気分になるらしい。

それからまた今夜までの間、触れ合いらしい触れ合いはほとんどないままに過ぎていた。

今夜これからどうするのだろう、という疑問の裏には、佳人の期待があった。

なぜ素直にそれを遥に言えないのか、自分自身が焦れったい。しかし、今夜もやはり佳人からは積極的に出られそうになかった。

「風呂を沸かしてくれ」

「はい」

「その間少し仕事をする」

佳人はちょっとがっかりしたが、ある意味予想通りではあったので、言いつけられたように風呂の準備をしてから、遥のためにカフェインレスのコーヒーを運んだ。

仕事中の遥はほとんど口をきかない。佳人が入ってきてコーヒーを傍らに置いても、ちらりとも振り向かなかった。

邪魔になってはいけないので、そのまま黙って出ていこうとしたら、遥が唐突に声をかけてきた。

「沸いたら先に入って寝ていいぞ」

「お仕事、時間がかかりそうですか？」

遥は返事をしなかった。

静かにドアを閉めたとき、軽い溜息が出る。

いつもどおりの夜だ、と自分を慰めた。

先に湯を使って自室のベッドに入ったが、まだ眠る気にはなれなくて、読みかけの本を開いて続きのページを捲り始めた。

コツン、とドアが一つだけ叩かれたのは、それから一時間後だった。

ベッドを下りてドアを開けに行くと、寝間着の上からガウンを羽織った姿で遥が立っている。

V字に開いた襟から覗《のぞ》く鎖骨に、佳人はドキリとした。

そのまま遥に抱き寄せられた。

遥は佳人を部屋から連れ出すと、電気を消してドアを閉め、真っ直ぐに自分の寝室に行く。

その間一言も言葉はなかったが、二人にはあまり問題ではなかった。使い慣れない言葉を無理に交わしても、かえって陳腐《ちんぷ》に感じられただろう。

遥は佳人の気持ちをわかっているはずだ。

それに、自分の不器用さもよく承知しているのだと思う。

ダブルの大きなベッドに押し倒された。

シーツはまだ冷えていて、着ていた寝間着を剝《は》がされたら、肌にひやりとした感触がある。

裸になって抱き合うと、遥の温まった肌からは佳人と同じ石鹸の香りがした。

そんな些細なことにも佳人は幸福な気持ちになる。

泣きたくなるほど遥のことを想っている。

抱かれて体の奥に遥を受け入れ、佳人はずっとこのままでいたいと思った。

遥を乗せた車が角を曲がるまで見送ってから、佳人は戸締まりを確認して自分も家を出た。今日は運送会社の事務所で、書類整理をすることになっている。

ほんの僅かな期間ではあったが、運送会社では事故係として働いていたことがあるので、遥が持つ他のどの会社より、佳人には馴染み深い場所だった。

そのことに遥が気を回したのかどうかはわからないが、運送会社の二階にある社長室で一日事務をしろと昨夜言われたときには、正直嬉しかった。それまではずっと外との関わりを封じられた生活を強いられていた佳人が、初めて社会人として認められた日々を送るようになったところが、ここなのだ。一言では表せない感慨がある。

世間知らずな佳人を偏見なしに受け入れ、懇切丁寧に指導してくれた係長の柳《やなぎ》とは、今でも親しくさせてもらっている。事情があって佳人が辞めることになったときには、とても残念がってくれたのだ。

辞めろ、と決めつけられたとき、佳人は本気で遥を恨めしく思った。遥の気持ちが理解できず、苦しくてたまらなかったのだ。

けれどそれが、遥なりに佳人を心配してのことだったのだ、と信じられたときから、佳人は無愛想で言葉の足りない遥の真意を、できる限り汲《く》み間違えないようにしよう、と気をつけるようになった。

遥との間には、いつまで経っても会話らしい会話がスムーズに交わせないが、気持ちが通じ合っているのは間違いない。

触れ合うたびにそれを確信する。

指や唇が、言葉の代わりに遥の気持ちを伝える。

佳人は昨夜の熱い行為を思い出して、体の芯が痺れるような感覚を呼び起こしてしまった。

朝からなんて不謹慎な、と赤面する。

節操のない自分が嫌いだったが、どうしても遥を想うと冷静でいられない。

佳人は満員バスに揺られて駅まで行く間中遥のことばかり考えていて、こんなことでは今日一日もたないかもしれない、と不安になった。

最近ますます遥と離れていることが苦手になってきている。今までこんなことは決してなかったはずだ。佳人は孤独に慣れているつもりだったし、いつでも一人に戻れると信じていた。見てくれの印象は違うようだが、自分はかなり意地っ張りで気が強い男だと、佳人は自覚している。

それがどうも遥に対してだけは勝手が違うらしかった。

こんなことでは遥の役に立てない。留守中しっかりできないようでは秘書失格だ。

佳人は自分自身を叱責し、改めて気持ちを入れ替えた。

駅で電車に乗ったところ、車内は混雑していた。ピークを少し過ぎた時間帯なので、身動きもできないほどすし詰めというわけではなかったが、周囲の人間と肩が触れ合うくらいには混んでいる。

まだ世界が、裕福な両親とお手伝いさん、陽気な学友たちばかりで構成されていた高校生の頃は、毎日こんな電車に乗って通学していた。羽目を外しすぎない悪ふざけ、気になる女の子の話、退屈な授業と鬱陶しい定期試験。あの頃は佳人も皆と同じように感じ、行動していて、自分一人だけ運命が急転換するなどとは露ほども思っていなかった。

高校三年生の夏、佳人の人生はそれまでと百八十度変わった。

父の会社が倒産し、借金の形《かた》として、川口組系列直系の香西組《こうざいぐみ》で、親分の愛人として囲われるようになったのだ。

それからの佳人は、毎晩の陵辱《りょうじょく》に耐えながら、昼は黒塗りの乗用車で子分二人に両脇を挟まれるようにして、金持ち御用達の私立高校に通うようになった。

大学に行くまでの僅かな期間だったが、その高校で知り合った学友たちにはいい思い出はない。皆冷たく取り澄ました、親の権力がイコール自分の価値だと勘違いしている連中ばかりだった。彼らは佳人の事情も知っていて、常に遠巻きにされ、ほとんどまともに話しかけてももらえなかった。

たまに香西は佳人に、高校は楽しいか、と聞いたが、佳人はいつも、はい、と返事をした。囲い者にした佳人を高校に通わせてくれるだけでも特別な扱いだと思えたし、我慢できないほど苛《いじ》められるわけでもなかったからだ。

授業は楽しかった。

教師の中には熱心に大学進学を勧めてくれる人もいて、結局佳人は彼に勇気をもらって、香西に進学の話を切り出すことができた。風流人の香西は学問にも理解があり、ストレートで合格するならという条件で希望の大学に行くことを許したばかりか、最終的には院の修士課程にまで行かせてくれた。

ぎゅうぎゅう詰めの電車に乗らなくなって、社会からすっかり隔離されて、佳人はその状態で十年過ごした。

香西は佳人にいっこうに飽きなかったが、佳人が香西を裏切った。

たぶん、行き場のなかった情熱が出口を見つけ出してしまったのだ。自分と同じ境遇に落とされて閉じ込められていた少女を見たとき、ここで何かしなければ自分は一生このままだ、きっと後悔する、と思った。

佳人は決して少女のためだけにしたのではない。

なにより自分のためにしたのだ。

このまま生きていくには、あまりにも自分を殺さなければいけない。当時、香西は佳人に杯をとらせて組の要職に就けようとしていた。そうなれば、望まぬ地位を受け入れるばかりでなく、反対派もいる組内で騒動の種になって周囲に波紋を呼び起こし、香西の進退にも影響があるかもしれない。そんなことは望んでいなかった。佳人の生きる場所はそこにはなかった。

だからもう、後先考えずに彼女を逃がしてやったのだ。

誰かの役に立てれば死んでもいいとか、そんな高尚な気持ちでしたわけではなかった。それほど達観していない。ヤクザに楯突《たてつ》いた者がどうなるのかは知っていたが、それで何かが変わるなら、受け入れてみるのも自分の運命かと思っただけだ。

厳しい折檻《せっかん》を受けている間は、いずれこのまま死ぬのだろうと覚悟していた。香西は謝って誓いを立てろと何度も佳人に詰め寄ったが、佳人にはその気持ちだけはなかった。うんと言わねば香西もいつまでも佳人を庇《かば》ってはいられなくなる。まだ寒い早春、薄着一枚で両足を折られて山奥にでも打ち捨てられていれば、かなりの確率で死んでいただろう。

生死も危うかったところを、万に一つの偶然で遥に助けられた佳人には、最初から遥は特別な存在だった。

遥は佳人を外に出し、日常に戻らせてくれた。もちろん完全に自由にしてくれたわけではなかったが、忘れていた満員電車、特別席ではない劇場、自分の手で運転してどこかに行くドライブ、そういう以前にはどう願っても叶わなかった些細なことを、少しずつではあるが許してくれた。

最近は遥と同じ車で移動することが多いので、満員電車に乗る機会もまた減った。地下鉄……

たいていの人にとっては煩わしいばかりの窮屈な状態も、佳人にはそれほど苦痛ではない。地に足をつけて生きている実感が湧く。息苦しさを感じるということは、佳人にとって、自分がちゃんと生きて呼吸しているのを確認できることだった。

混雑した車内の空気は淀《よど》んでいる。

きつく結びすぎていたネクタイを少し緩めたところで、列車が大きく揺れた。カーブに入ったのだ。

佳人は咄嗟《とっさ》に手摺りに摑まって凌《しの》いだが、すぐ後ろに立っていた細身の男性が佳人の背に肩をぶつけてきて、そのまま力なくしなだれかかってくる。

「大丈夫ですか」

佳人は素早く向きを変えて彼の体を支えた。

さらりとした綺麗な黒髪に隠れた顔はよく見えなかったが、彼が具合悪そうなことは疑えなかった。周囲の人間は気づいていないのか面倒を嫌ってか、皆一様に知らん顔をしている。ドアの傍にいたので、そこから人を掻き分けて座席まで連れていったところで、席を替わってくれるかどうかわからない。

佳人がどうしようかと迷っていると、顔を伏せたままの彼が小さな声で謝ってきた。

「すみません……ちょっと眩暈《めまい》が……」

体を起こして佳人から離れようとするのだが、いかにも無理をしている。

「おれはいいんです」

佳人は急いでそう言うと、彼の肩を支えて少し体を移動させ、彼が扉の横の壁に背中を預けて凭《もた》れられるような姿勢にしてやった。

「ありがとうございます」

彼がやっと顔を上げる。

気分が悪いせいで脂汗《あぶらあせ》を滲《にじ》ませた蒼白な顔色になっているが、端整で理知的な顔立ちをした同年輩の男だった。

「大丈夫ですか」

佳人はハンカチを出して彼の額を押さえてやりながら、もう一度聞いた。

彼が小さく頷く。

佳人には全然そうは思えなかったので、お節介を承知で言葉を重ねた。

「どこまで行かれるんですか？　無理をしないでいったん次の駅で降りたほうがいいかもしれませんよ」

「いえ、時間に厳しいクライアントと約束が……」

彼はそう言うのだが、壁に凭れて立っているのも辛そうなのだ。顔を上げているだけの元気もないようで、また力なく頭を項垂れさせてしまう。

とてもこのまま彼を車内に残して佳人だけ降りる気にはなれない。

駅が近づいてくる。

今度開くのはこちら側の扉のはずだ。

「降りましょう」

佳人は有無を言わせず彼の腕を肩に回させて、列車が着くなりプラットホームに連れ出した。どんなクライアントだか知らないが、事情を話せばわかってくれるだろう。なんなら自分が先方に謝ってもいい。佳人はそう思った。

空いていたベンチに彼を座らせる。

佳人は傍に屈み込み、彼の顔を覗き込んだ。さっきよりはずいぶんと顔色もよくなっている。外の新鮮な空気を吸って気分が回復したのだろう。

「どうも申し訳ありませんでした。ご迷惑をおかけしました」

彼が佳人を見上げて、しっかりとした口調で言った。

今度は本当に大丈夫そうだ。

佳人も安堵した。

「こちらこそ、無理に降りさせてすみませんでした。あの、これ、名刺です」

佳人が自分の名刺を差し出すと、彼もすぐに懐《ふところ》を探って名刺入れから一枚取り出す。

「もし先方がお怒りでしたら、遠慮なくおれの名前を言ってください」

「そんなことにはなりませんが、お礼がしたいので、お名刺頂戴《ちょうだい》します。久保《くぼ》佳人さんですね。ありがとうございました」

彼の名刺には、執行貴史《しぎょうたかふみ》、と書いてある。肩書きは、弁護士、だった。佳人はちょっと意外だったのと同時に、ある種羨望のようなものを感じて、しばらくその字面を見つめた。かつては自分もなりたい職業の一つとして憧れていた時期があった。そのときの初々しくて希望に満ちた気持ちを思い出す。あの頃は未来になんの不安も持っていなかった。努力さえすれば、なりたいものになれると信じていたのだ。

「まだ新米なんです」

しばらく佳人が名刺から視線を上げなかったせいか、貴史が控えめな口調でそう言い添えた。

佳人は慌てて彼を見る。

不躾《ぶしつけ》で失礼なことをしてしまった。

佳人が謝ろうとする前に、貴史はにっこりと笑って先にまた言葉を継ぐ。

「いろいろと忙しくて、ここのところの不摂生が祟《たた》ったようです」

どう見ても佳人と同じくらいの歳にしか思えないが、国家試験最大の難関と称される司法試験にこの若さで合格しているのなら、さぞかし優秀なのだろう。

あらためて向き合うと、貴史は上品な印象の、端整な美青年だった。背恰好も雰囲気も佳人と似ている気がしたが、貴史のほうが佳人よりも少しだけ背が高い。骨格もしっかりしていた。というより、たぶん佳人が男にしては細すぎるのだ。

ホームに次の列車が入線するベルが鳴り響いた。

「あ、では、僕はこれに乗ります。久保さんはこの駅でよろしかったんですか」

貴史に聞かれて佳人が、ええ、と答えると、どうかもう行ってください、と言われた。

「通勤の途中かお仕事中だったんでしょう、本当にすみませんでした」

「おれは大丈夫です。気をつけて」

確かに貴史の顔色はほとんど平常に戻っている。

佳人は彼が列車に乗り込んで去るのを見送り、自分も改札を出た。

貴史がとても感じのいい人だったので、佳人も思いきったことをして後悔せずにすんだ。善意から出た行動でも、相手にとって迷惑だったら、それこそ大きなお世話になる。しかし貴史は佳人の気持ちをきちんと受け取ってくれた。

また会う機会があればもっと長く話をしてみたい気もする。

たいして話らしい話をしたわけではなかったが、佳人は彼に親近感を抱いていた。


黒澤《くろさわ》運送は遥が最初に興《おこ》した会社だ。元々は都内近郊の宅配を主として取り扱う、ごく小さな軽運送会社だったのだが、運送業隆盛の波に乗り、現在では全国に大型トラックを走らせる一大企業に成長した。

遥はここを基盤に、次々と他事業を展開させていったのだ。通信販売業やアダルトビデオ制作販売業、ファッションホテルやパチンコ店の経営、消費者金融業と、いずれも見事に収益を上げさせている。趣味で好きな仕事をするというタイプではなく、完全に採算を重視して、名を捨てて実を取る貪欲な事業家なのだ。

事業内容を見る限りでも、交友関係に暴力団が絡んできてもなんら不思議はない。ただ遥のすごいところは、それが川口組若頭などという大物とさりげなく知り合いだという点だ。しかも、遥の場合、明らかに向こうが惚れ込んでいるのだ。おかげで四課にも目をつけられているようだが、遥は涼しい顔をして、時折訪ねてくる刑事を茶飲み話の相手にしている。なかなかまねできない剛胆《ごうたん》ぶりだ。東原は遥のそういうところに惚れているのだろう。

遥はやはり最初の会社に一番思い入れがあるらしく、時間が取れると黒澤運送に顔を出す。もちろん佳人も同行し、事務所の二階にある本社社長室で事務を執る遥の補佐をする。遥が出張しているときにも、ほとんどの場合、佳人はここに詰めることが多い。

黒澤運送は最寄り駅から二十分ほど歩いたところにある。

佳人がだだっ広いピロティを横切って事務所の裏口に向かっていると、ドアから柳係長がちょうど出てきた。スーツを着込み、書類鞄《かばん》を提げている。これからどこかを訪問するのだろう。事故係は佳人が辞めてから派遣社員を一人入れたのだが、相変わらず柳は忙しそうだ。

「柳係長！」

佳人が声をかけると、おっ、と柳が振り向き、満面の笑顔で佳人を見た。

「久保。なんだなんだ、今日は朝からこっちに来たのか」

「社長は一日中出張なんです。係長はお出掛けですか」

「おう、ちょっとな。昼には戻るから、一緒に飯食いに行こうじゃないか、どうだ？」

「ぜひご一緒させてください」

「本当は夜に一杯飲みに行かないかと誘いたいところだが……」

柳はそこでニヤリと笑い、声を低めた。

「どうせおまえさんのことだから、社長の帰りを家で待っていて、出迎えたいんだろうからな」

からかわれているとわかっていても、佳人は約束のように赤くなった。

「そんなこと、ないですけど」

いちおう否定してみたが、本心は確かに柳の言ったとおりだ。

遥はべつに、日頃から佳人が少しくらい出歩いても何も言わない。遥自身、泊まりや付き合いの外食が頻繁《ひんぱん》なせいだろう。

それでも、柳に揶揄《やゆ》されたように、佳人はなるべく家で遥の帰りを待っていたかった。仕事で疲れているだろう遥を、真っ暗な家に帰らせたくない。ただ明かりのついた状態で迎えたいというだけの意味だ。遥がそういう気の遣われ方を嫌うならしないが、まんざらでもなさそうなのだ。

久しぶりに柳に付き合ってもよかったのだが、今回に限っては本当にだめだった。今朝出がけに遥が、夕飯の支度をして待っていろ、と言って出ていったからだ。通いの家政婦に頼めばいいことをわざわざ佳人に言いつけたのは、今夜はなるべく早く帰るから、と暗に教えてくれたのだろう。

「今夜はちょっと家のほうで社長に頼まれた用事があるんです」

佳人がそう続けると、柳は、ほう、と楽しそうに相槌《あいづち》を打つ。

「そうかい。そりゃあまたよさそうな感じだな」

何がよさそうなのかわからないので、佳人は当惑して黙っていた。

「どうだ、その後は?」

「どう……って……係長」

「だから、社長とは仲良くやってんのかってことだよ。決まっているだろうが」

柳は他の社員より佳人と遥のことを知っている。

元々遥には、佳人との関係を周囲に隠す気がほとんどない。もちろんはっきりどうのと言うわけではないし、社員たちもわざわざ聞きはしない。だから、どこの会社でも二人の仲は勝手に邪推《じゃすい》されているようだ。

そんな中で、はっきりと知っているのは柳一人だった。柳にだけは遥が事故係を辞めさせたい理由として伝えたらしい。佳人は後日、柳の口からそれを聞き、気恥ずかしいのと共に遥の気持ちの深さを知って、今以上に赤面した。

「仲良く、ですか……？」

「あー、だめだな、そのぶんじゃ！」

柳は焦れったそうに、ずけずけと言う。

「いい歳して、なにを高校生か中学生みたいな照れ方をしてるんだよ。どうせまだ別々の部屋で寝てんだろう？」

「ああ、それは、あの家には部屋がたくさんあるから……」

「そういう問題じゃない」

柳は切って捨てるような調子で言うと、よし、と胸板を叩いた。

「今度儂《わし》が社長に言ってやろう」

「係長！」

佳人は慌てた。

人づてに遥にそんなことを言われたら、羞恥で死んでしまう。

佳人にしても、部屋数が多いから二人が別々の部屋で寝ているわけでないことは、十分に承知している。柳に指摘されるまでもなく、佳人自身気に病んでいることだ。

「その話は、おれがそのうち自分でしますから」

「そうかねぇ。どうもおまえさんたちを見てると、誰かが間に入ってやらなきゃどうにもならないような気がしてなぁ。儂もいつもはこんなにお節介なつもりじゃないんだけどさ」

「いや、あの、それに、社長もそろそろ考えているかもしれないですし」

そこで佳人は、わざとらしいとは思ったが、袖口を捲って腕時計を見る。

「あっ、もう十時半ですよ。係長、時間はいいんですか？」

「うおっ、いかん！」

時間のことを言うと、柳も自分が外出するところだったのを思い出したようだ。

じゃあ昼な、と言い置いて社用車の駐車場に走っていく。

どうにか柳の話を逸らすことができて、佳人は安堵した。

きっと自分たちの関係は、第三者からすれば、苛立ちを覚えるほど進展しないように見えるのだろう。

確かにそうかも、と佳人も思う。

いまだにお互いに甘い言葉を言い合ったことはない。一緒に寝るときも、色っぽい状況で誘い合うような感じではなく、無言のまま、なんとなく雰囲気に流されて身を重ねることが多い。それも月に一度か二度のことだ。

昨晩も例に洩れずそうだった。

こういう状態でも果たして恋人同士と表現していいのか、佳人もたまに悩んでしまう。

ときどき遥は非常に情熱的で、獣のように佳人を組み敷くことがある。そういうときには、いかにも思わせぶりなセリフを吐いて佳人を期待させるのだが、いったん激情を静めると、何もなかったかのように素知らぬ振りをするのが得意だ。

果たして照れているだけなのか、それとも最初からまったくの言葉遊びなのか、佳人にはどうしてもわからない。

遥に愛されている自覚はあるものの、遥の愛情表現はたまに佳人の理解の範疇《はんちゅう》を超えている。もちろん自分自身が恋愛経験に乏しいせいもあるだろう。

遥のことに関しては、まだまだ佳人には謎だと感じられる部分が多いのだ。

だから楽しいこともあるし、辛いこともある。

柳が純粋な親切心から世話を焼きたくなる気持ちもわからないではないが、佳人としてはやはり、二人のことは二人でどうにかしたかった。

そろそろ勇気を出して自分から遥に言うべきなのかもしれない。

そんなに難しく考えることはない。

週末だけでも一緒に寝てはだめですか、と聞けばいいのだ。

一緒に寝たからといって、なにかしなくてはいけないわけでもない。遥がしたくないならしなくてもいい。遥のベッドはダブルだから、二人で寝ても十分に広く、手足が触れ合わないようにすることも可能だ。佳人としては一緒に寝るのにそれでは少し寂しいのだが、遥の負担になるつもりはない。

遥は果たしてどう反応するのだろう。

驚いて、よくするようにフンと冷たく鼻であしらうだろうか。皮肉の一つや二つは言われるだろうし、珍しく素直なことを揶揄されるに違いない。

ただ、嫌だと突っぱねられる気はしなかった。

なんのかんのと言いつつ、最後には、勝手にしろ、と言いそうな気がするのだ。

佳人は遥の言動を予想するだけで、頬が緩んできた。

事務所を通って二階に行く間に何人かとすれ違ったが、まさか佳人がそんなことを考えながら朝の挨拶《あいさつ》をしていたとは、誰も思わなかっただろう。

無人島でのロケは順調に進行していた。

本土から船で二時間ほど沖に出たところに位置する小島は、海の色がとにかく美しい。天気も申し分なく上々で、深まりゆく秋の柔らかい日差しが、穏やかな波に反射して水面を輝かせている。また、海から陸に目を転じれば、島の中央部にある小高い山が紅葉で色づいて、情緒ある佇《たたず》まいを見せていた。住む人がいなくなって五年ほど経つそうだが、自然美に溢れた綺麗な島だ。コーディネーターがわざわざこの場所を選んだのも納得できる。

撮影は、砂浜と、付近の海が見下ろせる丘に建っている診療所跡の二ケ所を使って進められている。この島には以前の住民が暮らしていた家屋のほとんどが、そのまま置き去りにされて残っており、島のあちこちに廃屋がある。

旧診療所はちょっと洒落《しゃれ》た造りの洋風建築だったので、手を加えてきちんと掃除すると、立派なセットとして使えた。ベランダに女優を立たせて背後から一枚ずつ男優に衣装を剝ぎ取らせて裸にさせるようなシーンが、いかにもムードたっぷりに撮れたようだ。

「案外いい子じゃないか」

遥が監督の三峯《みつみね》に言うと、彼はくちゃくちゃとガムを噛みつつ肩を竦《すく》めた。

三峯は瘦せ気味な体にぴったりフィットした長袖のTシャツと細身のジーンズを身につけている。それに季節を問わずいつも真っ黒いサングラスをかけた浅黒い肌の男で、ぼさぼさの髪には、ついぞ櫛《くし》を入れたこともなさそうだ。四十代も後半にさしかかり、そろそろ白髪が混じり始めている。これでも腕は確かで、遥は三峯に撮影に関する指揮はすべて任せていた。

「そりゃあ社長、社長みたいないい男にあれこれと気を遣われたら、誰だっておとなしくして、かわいこちゃんぶりますよ」

「ふん。おまえたち、そんなに手こずらされていたのか」

「そりゃあもう、ムカついて引っぱたきたくなるほどにね」

三峯が吐き出すような口調になる。

今回起用している女優は、十七歳でタレントデビューし、二十歳前には飽きられてしまったという、元アイドルだ。歌はそこそこだが最初の二曲までヒットして後は続かず、ドラマに出ても今ひとつ人気がなくて、いつのまにかテレビから消えていた。清楚が売りだったので、彼女がAV女優に転身した、しかもその第一作、となれば、昔のファンはもちろん、興味本位の連中にも話題性抜群の商品になる。

「でも、体は綺麗だし、なんといってもあの巨乳が、意外性があっていいッスよね」

傍に立っていた照明係の若者が、にやけた表情で話に加わってくる。

ちょうど今は全員休憩中で、女優は砂浜に敷かれたビニールマットの上に座り、煙草を吸っている。彼女の髪に櫛を入れているヘアメイク担当に、刺々《とげとげ》しい口調で文句を言っているのも切れ切れに聞こえてきた。

「俺、昔結構ファンだったんッスよ。まさか彼女の裸をこんな近くで見られることになるとは思わなかったなぁ。あの男優が羨《うらや》ましいッス」

「ばか野郎、ミホがてめぇなんか相手にするか。社長相手ならもっとハゲシイのも撮らせてくれるかもしれねぇけどよ。どうですか、社長、彼女のお相手は?」

「本気で言っているわけじゃないだろうな、監督」

遥がそっけなくかわしても、三峯はケケケと黄色い歯を出して笑うだけで悪びれない。こういう性格の男なのだ。遥もそれは重々承知している。

「本気、本気、本気ですよぉ。いっぺん社長を撮らしてくださいよ。きっといいロマンポルノふう作品に仕上げてみせますから」

「悪いが……」

遥は無愛想な口調でさらりと言う。

「人前で勃たせたことはないんだ」

アシスタントの若者は一瞬虚《きょ》を衝かれたようなびっくり顔になる。まさか社長の口からこんなセリフが飛び出すとは思いもかけなかったのだろう。しかし三峯のほうはさすがにつわものらしく、今度はゲラゲラと笑い出す。

「社長には参るなぁ。そんな綺麗な顔したイイ男のくせに、たまにすごいことをおっしゃるんだから。でもお下劣にならないところが、女にはたまらないんでしょうねぇ」

「どうせ俺は育ちが悪いからな」

遥がジロリと横目で睨《にら》む。

アシスタントはおっかなそうに首を竦めて二人の傍を離れていった。自分たちの監督があまりにも社長に対して傍若無人《ぼうじゃくぶじん》に振る舞うので、居たたまれなくなったのだろう。

「はいはい、わかってますって」

三峯はやっと笑うのをやめると、今度は思わせぶりな顔つきで、探りを入れるように遥を見る。

「社長はホント、彼氏以外には興味ないみたいですもんね」

「なんのことだ」

佳人のことだとわかっていたが、遥は渋い顔をして空惚《そらとぼ》けた。

それにもめげず、三峯は勝手に喋り続ける。

「今日ここに連れてこなかったのは、きっとオレと会わせたくなかったからなんでしょ？　オレがこんな調子で彼氏をからかうの、嫌なんでしょ、社長。なんか大事にしてそうですもんね。ああ、それともミホちゃんがヤキモチ焼くかもしれないからかなぁ。彼氏、下手したらミホちゃんより色っぽいオーラ出すときあるから」

三峯はさすがに鋭いところがある。

遥は心中で苦々しく舌打ちしつつ、映像をやるような人間の感性は侮《あなど》れないものだと感心してもいた。

「だからオレ、ホントは彼氏のことも撮ってみたいんですけどねー。イクときの顔なんか、ふるいつきたくなるほどエロいんじゃないかなぁ。でもダメなんでしょ、どうせ」

「勘違いしているようだからいちおう言っておくが……」

「はい、はい、わかってますよ。彼は社長の秘書です。男優でもモデルでもないのは、ちゃんとわかってますって」

どうだか、と遥は三峯の調子のいい言葉に疑問を投げる。

詮索好きでやりたい放題言いたい放題の三峯には遥もたまにうんざりするのだが、なにしろいい画を撮る男だ。しかも、買い手のツボを的確に押さえたヒット商品を連発する。少々不愉快な点はあっても、遥には必要な男だった。たぶん三峯も、自分の価値と、それでどの程度までの暴言が許されるのかを秤《はかり》にかけ、計算尽くでやっているのだ。

「今日はちょっと口数が多いぞ、監督。よけいなことばかり言ってないで、あそこで泣き出しそうになっているヘアメイクを慰めてきたらどうだ。俺はそろそろ帰る」

「あれ、もうそんな時間ですかね」

やっと三峯も真面目な調子に戻り、ジーンズのポケットから引き出した懐中時計を見る。

遥は撮影隊よりも一足早く帰る予定にしている。

女優に会って、しっかりやってくれと激励し、気持ちよく仕事をしてもらうという本来の目的は果たした。この後撮影する男優との絡みシーンなど見学しても仕方がない。アダルトビデオなどを扱っておきながら、遥自身はほとんどこういうものでは興奮しなかった。興味もない。だからこそ三峯のような男が大事なのだ。

島と本土を結ぶ交通手段は船だけだ。

島には昔の名残《なごり》で船着き場がある。定期便などはもちろんないが、本土側で釣り客などを島に渡してくれる業者や、交渉次第の漁師たちがいる。

今日はたまたま撮影隊の他に三人ほど島に渡ってきている。三人が何をしに島に来たのかは知らないが、景色を眺めに来るだけの連中もたまにいるらしいと聞いていたので、そういうことなのだろう。男ばかりの三人組は、船に揺られている間中船尾の辺りで面白くもなさそうにむっつりと黙り込んでいた。

それでも遥は、連中のうちの一人から島に到着する前に話しかけられた。帰りの便のことを聞かれたのだ。遥たちはいつ帰る予定なのか、ということだったのだが、彼らが帰る予定の時間がたまたま遥にも都合がよかったので、遥だけはそれに便乗することにした。撮影隊はもう少し遅い時間に別に迎えを頼んでいる。

船は三十分後には船着き場に来るだろう。

「あとのことはよろしく頼む」

「任せてください。じゃ、お気をつけて!」

三峯は噛んでいたガムを包み紙の中に吐き出すと、遥に軽く会釈《えしゃく》してから、休憩していたクルーに、撮影再開、と怒鳴る。

三々五々に散らばっていた連中がいっせいに配置につく。

周囲の空気が、たちまち慌ただしさと緊張に包まれた。

さっきまでヘアメイクの女の子に当たり散らしていた女優も、どうにかスタッフに宥《なだ》められてカメラの前で笑顔を見せられるようになっている。美人というよりは可愛いというタイプの女優なのだが、売れっ子だったときにあまりにも周囲にチヤホヤされ、どうしてもそのときの自分を諦めきれないのだ。話すと悪い子でないのはわかったが、今度食事に誘ってください、と甘えた声でねだられても、遥には苦笑しか出なかった。

監督の合図でカメラが回り出したようだ。

遥はそこまで見て取ると、船着き場に向かって歩きだした。

ロケ場所に使っている海岸から船着き場までは、ゆっくり歩くと十五分ほどかかる。島をぐるりと一周する幹線道路があるが、車は持ち込めないので、島に来た者は誰でも徒歩で移動するしかない。舗装路も大昔に整備されたきりらしく、陥没やひび割れが目立った。雑草が隙間から伸びている様子に、ここが普段誰も通らない道なのだということを思い出させられる。

気持ちよく晴れた秋空の下を、遥はのんびりと歩き続けた。

そろそろ夕刻で日は傾きかけているが、風はそんなに冷たくない。都会の喧噪《けんそう》を忘れて一息つくには悪くない場所だ。

三峯があんなに好奇心たっぷりの男でなかったら、佳人を連れてきてやりたかったと思う。

いつも仕事ばかりで、佳人をどこかに連れ出してやれたことがないのを、遥は秘かに気にしている。もちろん佳人にそんな素振りは見せない。

夏にシティホテルに一泊して、打ち上げ花火が上がるのを見せてやった。

あのときのことを思い出すたび、遥はもう一度あんなふうに佳人になにかしてやりたいと思う。思うのだが、とにかく忙しくて暇がない。出張や付き合いの旅行などがあって、なかなか休みも休みにならないのだ。

実はそろそろ佳人のベッドを取り上げて、自分と同じ部屋で寝るようにさせたいのだが、そんな簡単で、恋人同士ならごく普通のことすら言い出せないでいる。

気恥ずかしいのだ。

それに、佳人が嫌がるかもしれない、という考えがちらりとでも頭を掠めると、なかなか強引に出られない。

以前は万事において佳人に傲慢《ごうまん》で横暴な態度を取っていたのだが、最近は自分でも滑稽《こっけい》なほど躊躇《ためら》うことが増えた。前よりもっと佳人を失いたくない気持ちが強まっているせいだ。

ずいぶん昔、まだ大学生だった頃、あまりにも悲惨な結末に終わった恋に懲《こ》りて以来、遥は自分が二度と誰かを好きになれるとは思っていなかった。

そのせいか、佳人を好きだと認めるのには多大な勇気を要した。

また自分のせいで恋人を傷つけたらと思うと、どうしても二の足を踏んだのだ。

恋とはやっかいなものだと思う。

結局遥はどうしても自分の気持ちを抑えきれずに、佳人にぶつけてしまった。幸か不幸か佳人も遥の気持ちを受けとめたから、今の関係がある。

これでよかったのかといまだに悩むが、もうなかったことにはできそうにない。

とりあえず、遥は今のほうがずっと幸せだし、生き生きしている自覚があった。

そろそろ船着き場が見えてくるはずだ。

緩やかなカーブを曲がったとき、前方に人の姿が見えた。

三人のうちの一人だ。坊主頭に帽子を被《かぶ》っていたのでよく覚えている。

彼はだいぶ先を歩いていたのだが、遥の気配に気づいたのかどうなのか、不意にくるりと振り返った。そして遥を見て大きく手を振る。

「おーっ、時間どおりですねー、だんな!」

彼が遥にそんなふうに叫びかける。

なんだ意外と陽気なやつなのか、と遥は彼に対する印象を訂正した。二時間あまりも同じ船に乗っているのだから、まったく素知らぬ顔をしているというのも気詰まりだと思っていただけに、向こうから声をかけられて安堵した。

彼がいつまでも遥の方を向いたまま手を振っているので、遥も腕を上げて挨拶しようとした。

その途端《とたん》、後頭部に棍棒《こんぼう》を振り下ろされたような激しい衝撃が襲う。

遥は呻《うめ》き声を上げ、その場に膝を突いて倒れ込んだ。

「よし、やったぞ」

背後で誰かの声がする。

そこまでで遥の意識は遠のいていった。


気がつくと、ぼやけた視界に汚い屋根裏が見えた。

蜘蛛《くも》の巣の張りついた裸電球が、ひとつだけ中央にぶら下がっているが、それが光源ではなかった。光の届き方からして、四方から大型の懐中電灯か何かの光源を使って部屋を明るくしているような感じがする。天井の中央には、黒ずんだ古い丸太でできた太い梁《はり》が渡してある。いかにも頑丈そうだ。遥はその狭い部屋の埃っぽい床に転がされていた。

僅かに頭を動かして壁に目をやると、錆《さ》びた鎌やスコップが吊り下げられている。どうやらここは、農機具用の小屋かなにかだったようだ。ずっと閉めきられていたせいか、饐《す》えた匂いがする。

殴りつけられた後頭部がずきずき痛んだ。

痛みのおかげで、今ひとつ不明瞭で現実感が伴っていなかった意識がはっきりとする。

遥は自分が船着き場に行く途中で襲われたことを思い出した。

体を起こそうとして、両腕を頭上で一纏めに括《くく》られ、どこかに繋がれているのがわかった。両足首も同じように縛り上げられて床に固定されている。

自分の状態がわかってくそっ、と舌打ちしかけたところで、いきなり脇腹を乱暴に蹴られた。突然容赦なく登山靴のような重い靴で蹴りを入れられ、遥は苦痛の声を上げた。

いつのまにか真横に男が立っている。

船着き場近くで遥に陽気に手を振っていた、坊主頭の男だ。やっぱり毛糸編みの帽子は被ったままだった。

「気がついたかい、色男さんよ」

坊主頭が屈み込み、遥の目と鼻の先に丸い顔を近づける。つるんとした肌の、三十代半ばくらいの男だ。顔つきからは特別乱暴者そうな感じはしないが、遥と目を合わせたときに一瞬だけ浮かべた酷薄《こくはく》な目の光り方が、極道者を見慣れた遥の警戒心を煽《あお》った。こういうタイプほど、一度暴力行為に及ぶと、歯止めが利かなくなる者が多い気がする。痩せて小柄だが腕に覚えがありそうなことは、先ほどの足蹴りからも察される。

「あんた、誰だ」

遥が坊主頭をきつい目で睨み据《す》えて聞くと、今度は硬い手のひらで、切るように鋭く頬を弾かれた。それほどスナップをきかせたわけでもなさそうだったのに、遥の顔は反動で横向きになる。

坊主頭は顎《あご》に太くてざらついた指を掛け、それを引き戻す。

「口の利き方に気をつけな。ここはあんたが天下の会社でも家でもないんだ」

「何が目的なんだ」

遥は懲りずに質問を続ける。

今度は坊主頭も殴りつけてこようとはせず、ニヤリと唇の端を吊り上げただけだった。

「オレ自身はあんたになんの恨みもないんだがよ、今回ある男に頼まれてな。あんたを拉致して向こうの望むとおりに痛めつけたら、ちょっとばかし金がもらえるわけだ」

どこかの組のチンピラが、しのぎで暴力行為を引き受けたのか、と遥は思った。珍しくもない話だ。

誰に頼まれたのだろうと考えてみても、思い当たる節が多すぎてわからない。自慢ではないが遥は敵が多いほうだ。クリーンな会社だけを品よく経営している清廉潔白《せいれんけっぱく》な事業家とはわけが違う。

もっとも、本気で疚《やま》しいところが一つもない経営者など、そうそういない。競争社会を生き抜くというのは敗者を踏み台にしてのし上がるということだ。敗者側にはそれなりに屈辱感を与えるし、逆恨みされるようなことも当然あり得る。

中でも、遥ほど手段を選ばずに利潤の追求をしてきていれば、自《おの》ずとあちこちで、通常以上の恨み辛みを買っているだろう。

遥がいつも身辺をボディガードに守らせているのは、伊達《だて》ではない。

こんなときに限って、たまたま鈴木はいないのだ。

いや、だからこそ今この時がチャンスと狙われたのかもしれない。むしろそう考えるのが妥当だろう。

鈴木が不在なのはともかく、遥は心の底から佳人を同行させていなくてよかった、と思った。

万が一にでも佳人まで一緒に攫《さら》われていたなら、遥はどれほど後悔したかしれない。神の存在を信じたことなどついぞなかったが、今回は本気で感謝したい気持ちになる。

自分はどうなっても、事と次第によっては自業自得かもしれないが、佳人はいっさい関係ないのだ。しかしそんな理屈が復讐者やヤクザ者相手に通用するとは思わない。もし一緒にいたなら、間違いなく見逃してはくれなかったはずだ。

なにがあろうと、遥は佳人を傷つけさせたくない。心も体も両方だ。

佳人は今までに十分辛い思いをしてきた。

今が幸せかどうかは本人に聞いてみなければわからないが、遥の心積もりとしては、この先ずっと幸せでいさせてやりたいと思っている。

「金か」

遥はとりあえずの常套《じょうとう》手段で、相手の懐柔《かいじゅう》を試みる。

「いくらもらうことになっているのか知らないが、もし俺がその倍払うから寝返らないかと言ったらどうする？」

「ふざけんじゃねえ！」

坊主頭はもう一度、遥の反対側の頬を殴りつけた。

今度の一撃は前の以上に手首の返しが利いていて、遥は唇の端を歯で切った。口角を血の筋が流れ落ちる。

「生意気な口を利くお兄さんだな。あんたも相当修羅場《しゅらば》をかいくぐってきたってわけか。こんなオーダーメードの立派なスーツを着てりゃ、どっかの御曹司ふうだが、中身はどうして、なかなか肝《きも》の据わったワルみてぇじゃないか」

「あんたからワルだと褒められるとは光栄だな。せっかくだが俺は人を誘拐して脅したり、リンチしたりしたことはないぜ。礼儀正しく話し合いの場を設《もう》けたことはあってもな」

「てめぇはまだ自分の立場が理解できてないみたいだな」

坊主頭のごつい指が、遥の口元の血を乱暴に拭い取る。そして血のついた指の腹を、舌を出して舐《な》めてみせた。

「いい味だ。綺麗な顔をした野郎は血まで美味い。明日の晩あんたをどんなふうに料理してやれるのか、考えただけでも楽しくなるぜ」

「俺はちっとも楽しめそうにないな」

遥はそっけなく言って顔を背けた。

どうやら今すぐにどうこうする気はないらしい。

明日の夜まで、この不自由な姿勢のまま転がされているのかと思うと、うんざりする。殴り合いの喧嘩くらいはしたことがあっても、こんなふうに拘束されて一方的に暴力を振るわれた経験はない。いつかは起きても不思議のない事態だったが、遥にはまだ現実味が薄かった。

坊主頭は遥が黙り込んだのを、脅しが利いたせいだと思ったらしい。

「せいぜいいろんな拷問シーンでも想像して、一日たっぷり怯えてな！」

そう言い残すと、足音高く遥の傍を離れる。

小屋の扉は遥の視界からはまったく見えなかったが、坊主頭が出ていったのはわかった。

坊主頭は、滑りの悪い引き戸をギシギシいわせて閉めただけで、鍵をかける音はしなかった。

鍵は壊れているのかもしれない。

しかし、鍵がかかっていないとはいえ、どう足掻《あが》いても、遥には頑丈なロープを解いて逃げられる見込みはなさそうだ。手首も足首もぎっちりと括り上げられている。少しでも緩められないかと思い、なんとか動かそうとしてみたが、手首に擦過傷を作っただけだ。

遥は今逃げ出すのは無理だと観念した。

坊主頭か他の誰かがまたここに来たとき、連中が隙を作れば、そのときにチャンスがあるかどうかというところだろう。

金でヤクザ者を雇ったというからには、依頼した人間は素人《しろうと》のようだ。

男か女か知らないが、遥を殺すつもりはないのだろう。

殺すにはあまりにもやり方が杜撰《ずさん》だ。遥がこの島に来ていたことは何人もの人間が知っている。あの三人組の顔も、撮影スタッフや船長が見ているのだ。遥の死体が発見されれば、犯人はすぐに逮捕される。恨みを晴らしたい一心の依頼人はともかく、金で雇われたヤクザ者たちが、そんな危ない橋を渡る仕事を、簡単に引き受けるとは思えない。

どんな形であれ生きて解放されるというのは疑っていないが、問題は自分がどれだけ辛抱できるかだ。

遥は連中がしようとしていることは、極力考えないようにした。

一日放置しておくのは、恐怖感を募らせて、精神的に痛めつけるためでもあるのだろう。連中の思う壺にはまる気はない。

代わりに、今何時なのだろうか、と遥は考えた。

遥が乗るはずだった船は、午後四時に船着き場から出ることになっていた。殴られて気絶させられてからどのくらい意識をなくしていたのかわからない。ただ、小屋の板壁の隙間からはまったく光が洩れてこないので、とうに日が暮れているのは確かだ。

乗るはずの人間が乗らなかったのを、船長は不審に思ったに違いない。たぶん、少なくとも三人いた連中のうち、一人は船に乗ったのだ。他の連中は予定が変わった、とでも適当な説明をしたのかもしれない。

それよりも遥が気になるのは佳人のほうだ。

日帰りで出掛けたはずの遥が真夜中過ぎても戻らなければ、佳人は心配するだろう。

遥は唇を嚙みしめた。

せめて無事でいることを知らせたいが、遥にはどうする術《すべ》もない。どのみち携帯電話は電波が届かないし、無人島になって久しい島に使える電話があるとも思えない。

佳人の心配が的中したのだ。

遥が素直に鈴木の代わりのボディガードを伴ってきていれば、連中もこんな思い切った行動に出なかっただろう。

遥は隙を見せた自分自身が悔しくなる。

しかし後悔しても、もう遅い。

それより遥が肝に銘じなければならないのは、絶対に佳人には危害を加えさせないようにすることだ。

自分がどんなふうに痛めつけられても、それは仕方がないと思える。どんな経緯で恨まれているにせよ、自分の蒔《ま》いた種なら自分で刈り取るしかない。それはすでに覚悟していた。

自分はいいが、佳人に手を出されたら、遥は一生自分自身を呪うだろう。

佳人のことがなによりも大切だった。

こんな気持ちになるとは自分でも思いがけなかったが、遥は間違いなく佳人に恋をしている。

毎朝同じ屋根の下で顔を合わせて一日を始めるようになって八ヶ月になるが、いまだに遥は佳人の顔を見ると平静な振りをするのが難しい。

胸の動悸が激しくなるのだ。

どんなふうに話しかければ自然な雰囲気になるのかもわからず、いつもぶっきらぼうにしか喋れない。

特に、昨夜のようにベッドに引きずり込んだ次の日の朝など、気恥ずかしさから朝の挨拶をするのもままならない。佳人が起きる前に早々と部屋を出てしまったり、わざとそっけなくしたりしてしまう。なぜこうも恋に関して不器用なのか、自分でも歯がゆくなる。

おまえは俺のものだ、と口では傲慢に言い放ちながらも、その言葉に一番納得していないのは遥なのだ。

実は佳人は、義理や恩から遥に付き合っているだけなのかもしれない。

なにしろ、佳人から求められたことが一度もないのだから、どんなに自分の下で乱れていい顔を見せてくれても、それは体だけの反応なのではないかという不安が払拭できない。

佳人を引き取った当初はとにかく冷淡なあしらいを続けてきただけに、遥は今ひとつ佳人が自分をどう見ているのかに自信が持てないのだ。きっとあいつも俺を好きなはずだ、と思ってみても、次の瞬間にはやはりそれが都合のいい誤解のように感じられてくる。

おまえたちは馬鹿か、と東原に呆《あき》れられたことがあるが、確かに馬鹿だと思いつつ、遥はぐるぐるぐると気持ちを堂々巡りさせてしまうのだ。

　佳人のことを考えているうちに、遥は無性に佳人に会いたくなった。

　どんな形になっても、無事に帰れたなら、一番に佳人を抱きしめたい。抱きしめて、今度こそ言葉で愛していると伝えたい。

　人間はいつどこでどんな災難に見舞われるかわからない。

　今回のようなことではなくても、事故はいつでも起こり得る。運が悪ければ、二度と会えなくなる可能性もあるのだ。

　言葉が出せるうちに、大事なことを言っておかなければ、一生言う機会はないかもしれない。

　そう考えると、気恥ずかしさに躊躇いを感じている場合ではなく思えてきた。

　今まで遥は、言葉などなくても態度で気持ちは通じるものだろうと、少なからず考えていたところがある。口下手なのだ。憎まれ口は叩けても、優しい言葉をかけるのはまったく不得手だ。まして愛の言葉を囁くなど論外だ。

　愛しているから離したくない、そう言ったら、佳人はさぞかし驚くだろう。

　遥には佳人の当惑顔が目に浮かぶようだ。

　想像するだけで頬が緩んでくる。

　遥がこんな非常事態にもかかわらず穏やかで幸せな気分になったとき、小屋の外で誰かが砂利を踏む音がした。

ガタガタと建てつけの悪い扉が開かれる。

冷えた夜の空気が流れ込み、今度は坊主頭の他にもう一人男がついてきて、二人で遥のすぐ脇に来た。

新しい男は大柄でいかにも腕っ節が強そうだった。十一月も過ぎているというのにランニングシャツにアーミーパンツという出で立ちだ。エラの張ったごつい顔に細い目が酷薄そうな印象で、長髪を後ろで一括りにしている。

「よお、黒澤遥さんよ」

名前を呼ばれたが、遥はこの男のことも、船で一緒だった三人のうちの一人だ、という以上には知らなかった。

遥が黙ったまま仰向けの状態で男を見上げていると、坊主頭のほうが腰を屈めて、さっきもしたように遥の顎を強い力で押さえつけてきた。坊主頭の指の力は相当に強い。顎に指の痕がつくのではないかというほど締めつける。

「綺麗なツラしてやがるぜ。なぁ、兄貴?」

坊主頭の言葉に、兄貴分らしい大柄な男は、ヘッと吐き捨てるような声を出す。

「明日には二目《ふため》と見られねぇようになっているさ」

「ああ、可哀想によぉ」

「てめぇいつもの癖出して変な気起こすんじゃねぇぞ」

「わ、わかってますよ」

坊主頭がどこかまだ未練がましさの残った声を出す。

遥にはよくわからない会話だった。

兄貴分の男が遥の腹にブーツを履いた足を片方のせ、ぐりぐりと抉《えぐ》るように靴底を動かす。

腹部を圧迫されて、遥は眉を寄せた。

「依頼人の希望でなぁ、そいつが明日この島に来るまでは、おまえに何もするなと言われてるんだがよ、このくらいはいいよな」

言い終えるのと同時に、腹の上を踏みにじっていた足で脇を蹴られる。そして体が浮き上がったところを押し戻すような形で、反動をつけた肘で腹に一撃見舞われた。

もう少しで胃の中のものを戻しそうになったが、昼間軽くサンドイッチを摘《つま》んだ程度だったせいで、濃い胃液が逆流してきて喉をひりつかせただけですむ。

「阿漕《あこぎ》な商売してるんだって？」

今度は坊主頭に反対側から蹴られた。

二人とも硬くて重い靴を履いているので衝撃が大きい。それでも連中は遥の体に攻撃の痕が残らないようにと巧く手加減しているようだった。

「あちこちで恨まれてるんじゃねぇのか？」

「三十いくつであんな豪邸に住んでんだから、そりゃあいろいろワケありに決まってら」

「女は自分とこのＡＶで稼がせてたりな？」

「毎日ボディガード連れで、いつ隙を見せるかと待ち構えてたぜ」

一言ずつ言うたびに二人から交互に蹴られ、遥は右に左にと無抵抗なまま揺らされ続け、顔にバケツの水を浴びせかけられた。

「ここにはもう俺たち以外誰もいない」

兄貴分は最後にそう言って、ドスの利いた笑い声をたてた。

「覚悟しやがれ」

遥を縛りつけて転がしたまま、二人は四方の壁に吊り下げられている、すべての懐中電灯のスイッチを消して、小屋を出ていった。

小屋の中は鼻を摘まれてもわからないほど真っ暗になる。

すぐ傍に母屋《おもや》があるらしい。二人は今夜そこで寝るのだろう。

一晩中遥を見張らなくても、どうせ逃げ出せないと思っているのだ。

確かに、よしんばロープを解くことができたとしても、船がないのだから、島から出ようにもどうにもならない。

遥は今闇雲に行動するつもりはなかった。

彼らが遥のことをある程度調べているのが気になる。勝手な憶測であれこれ言っていた部分も多いが、自宅の場所やボディガードのことをちゃんと知っているからには、当然秘書である佳人の存在も知っていると考えるほうが妥当だ。佳人が遥と一緒に住んでいるのも知られているのだろう。

佳人が遥にとって特別な存在だということだけは、絶対に感づかせてはいけない。

遥は固く心にそれを刻みつけた。

下手をすれば、復讐しようとしている誰かは、遥を苦しめるためには佳人に手を出すのが一番効果的だと気づくかもしれない。

それだけは避けなければいけなかった。

茶の間に座り、見るとはなしにテレビをつけていた佳人は、番組が変わったので、もう十一時か、と気がついた。

遥はまだ戻らない。

佳人はにわかに不安になった。

虫の知らせとでも言うのだろうか。

出張に出た遥が、零時を過ぎても帰らなかったことは、ままある。しかし今回に限っては、なんの気まぐれか、久しぶりにおまえが夕飯を作れ、と言い置いて出ていったのだ。

わざわざ佳人にそんなことを言いつけておきながら、連絡の一本も入れずに予定を変更するのは遥らしくない。遥はそういう意味では実に義理堅い男だった。自分から言い出したことを簡単に反故《ほご》にはしない。

食堂の長いテーブルに用意した二人分の茶碗は伏せられたままだ。温めればいつでも食べられるようにしてある煮物も、下拵《したごしら》えをして焼くだけの肉も、八時過ぎから出番を待っている。会社から帰るなり大急ぎで用意したものだ。

家政婦に任せればもっと美味しくて気の利いたものがいくらでも食べさせてもらえるのに、遥が佳人の料理を久々に食べたがってくれたのが嬉しかった。結局はたいしたものはできなかったが、佳人なりに一生懸命に作ったのだ。遥が今朝の約束を忘れて、勝手に外食ですませるようなことをするとは、どうしても思えなかった。

何かあったのだろうか、という考えが、暗雲が立ち込めるようにして、じわじわと胸の中に湧いてくる。

試しにかけてみた遥の携帯電話は、電源が入っていないか電波の届かない場所に、というメッセージのままだ。昼間一度確認したいことがあってかけたときと同じである。無人島だから携帯が使えないのか、と諦めたのだが、今また同じように繋がらなかったことで、佳人の不安はいっきに膨れ上がった。

まさか、まだ島から出ていないのだろうか。

しかし確か、撮影スタッフも日帰りの予定でロケに入ったように聞いていた。島内には当然ながら宿泊施設がない。プライドの高い女優をテントに泊めるわけにはいかないので、大急ぎでロケ撮影分を取り終えたら、本土に戻ってから一泊するスケジュールだったのだ。

もしかするとロケ終了の打ち上げでもして、地下の店にいるのかもしれない。

佳人の頭に新たな可能性が生じてきたが、それでもまだ半分も信じていなかった。

監督の三峯は苦手だが、この際そうも言っていられない。

佳人は手帳を出してアドレスを捲り、三峯の携帯に電話をかけた。

これでもし彼の携帯も繋がらなければ、佳人は二人が同じ場所にいるということだと思って少しは安堵できたかもしれない。だが三峯はすぐに応答した。

『久保？　ああ、社長秘書の、別嬪《べっぴん》さんか！』

三峯の周囲はうるさく、声が聞き取りにくい。ガンガン音楽が鳴っているし、人の声もざわざわとしている。どうやらクラブかどこかにいるようだ。

社長はご一緒ですか、と佳人が聞くと、三峯は「へっ？」というような奇妙な声を出し、次に意地悪く笑い出した。

『いやいや、一緒じゃありませんよぉ、オレたちとは』

三峯は完全にふざけて、佳人をからかっている。三峯は遥と佳人が同棲しているのだと信じているらしく、よくこんなふうにわざとらしいことを言うのだ。事実は確かにそのとおりなのだが、佳人はどう反応すればいいのかわからずに、いつも困惑する。遥はいっさい取り合わず、言い訳の一つもしないのだが、さすがにそれと同じ態度はとれなかった。

『社長は四時発の船で先に島を出られましたよ。その後の予定は特に聞いてないなぁ。大方どっかでちょっとばかし羽目を外しているんじゃないですか』

携帯が通じないんです、と佳人は言ったが、三峯はそれも面白おかしく脚色してしまう。

『そりゃあ、イイコトしている真っ最中にかみさんから電話なんかかかってきたら、誰だって萎《な》えちゃうでしょうが。オレだって携帯の電源は切っときますよ。たまには浮気の一つや二つは見逃してあげたほうが、いいんじゃないの？」

いい加減な推測だけで好き勝手に言われ、佳人は唇の端を噛んで黙り込んでしまう。

遥に限ってそんなことはない、と信じているが、もっともらしいことを、いかにもな口振りで言われると、完全に嘘だと突っぱねるのが難しくなる。普段会話らしい会話がないだけに、言い切られてしまうと、本当は何も知らないのだからあり得なくはないかも、と気弱な気分になるのだ。

『もし社長が浮気したんなら、久保ちゃんも遊んでやればいい』

三峯はだんだん調子に乗ってきて、悪ふざけをエスカレートさせてくる。

『リベンジしなよ。それでさ、今度社長に内緒でビデオ撮らせてくんないかなぁ。オレ、前から一度、久保ちゃんの裸撮りたいと思ってたんだよな。相手役は超ド級のイイ男用意するからさ。案外そっちのほうを気に入るかもよ？』

結構です、と佳人は電話を切った。

黙って聞いていれば三峯はどこまでも増長しそうだった。悪い人ではないと思うのだが、彼の業界的なノリにはとても付き合っていられない。第一、あまりにも失敬だ。

警察に連絡しようか、と佳人は一瞬だけ考えたが、大の大人の帰宅が遅れているくらいでは、とても取り合ってはもらえない。三峯が言ったこととほとんど大差ない推測を聞かされて、とにかく明日の夜までは待ってみたらどうだ、と言われるのがオチだろう。

やはり、どれほど遥がいらないと言い張っても、鈴木の代理をつかせるべきだった。

佳人は遥がどういうふうにしてここまでのし上がってきたのか、細かなことは知らない。ただ、交友関係に特殊な連中が含まれているのを見ただけでも、どこにどんなしがらみを抱えているのかしれず、複雑そうだと思う。

本当に遥がただ遊んでいて、帰るのを忘れているだけなら、佳人はとりあえず安堵する。遥が余所《よそ》でなにをしても、それは佳人にどうのこうのと言えることではない。佳人は遥のものだが、遥は佳人のものだとは言い切れないからだ。

ただ、嫉妬《しっと》はするだろうな、と思った。

感情は理性だけでは割り切ってしまえないものだ。

それが好きの証《あかし》ではないだろうか。

遥の携帯にもう一度かけたが、結果は同じだった。

佳人は焦燥《しょうそう》と苛立ちと不安とで胸を苦しくさせながら、とにかく明日を待つことにした。現段階ではそれ以外にどうしようもない。

食事をする気にはならず、風呂にだけ入ってから、自室のベッドに横たわり、目だけ閉じて一晩過ごした。


ほとんど眠れなかったせいもあり、佳人はいつもより一時間近く早い時刻に起きた。

本来ならば帰っているはずの遥がいないので、今日のスケジュールはすべて調整する必要があるかもしれない。

最後の望みは、遥が直接泊まり先から会社に出てくることだが、佳人の知る限り、遥がそんなまねをしたことは一度もない。遥はかなり几帳面なところがあり、そういう乱れてだらしのない生活態度を嫌っている。亡くなった弟の話を聞かされたときも、佳人は強くそれを感じた。

まず、遥を迎えに来ることになっている運転手を断った。事情はまだはっきりしないので、とりあえず予定が変更になったとだけ伝えておく。

あとは早めに会社に出て、遥から連絡が入るのを待つつもりだ。

午前中に何も連絡がなければ、もう非常事態だと判断するべきだろう。遥がそんな無責任なことをするはずがない。心血を注いで成長させてきた会社を、そうそう簡単に放り出すわけがないからだ。ましてやどの会社も、この不況のさなか、相当な収益を上げているのだ。

最悪の場合は、各社の取締役たちを集め、対応策を考えなければいけない。

彼らの中には遥と古い付き合いの者もいる。もしかすれば今度のことで思い当たる節がある人がいるかもしれない。

佳人は彼らの連絡係を務め、彼らと一緒に最善を尽くすつもりでいた。

落ち込む気持ちを奮《ふる》い立たせ、門を出る。

遥が建てた和風建築の豪勢な屋敷は、付近一帯ではかなり目立っていた。この辺りは、いわゆる高級住宅街と称されるような場所にあるわけではないので、周囲には大小さまざまな一軒家や、アパート、マンションが並んでいる。遥にとっては名の通った金持ちだらけの土地など、肩が凝《こ》るだけで、なんの意味も見い出せないらしい。虚栄心のない男なのだ。名より実を取るタイプと言ってもいい。

いつもより一時間早いせいか、百五十メートルほど先の幹線道路に出るまでの道には、通行人の姿はなかった。

ところどころに路上駐車されている乗用車は何台かあるが、それはいつものことで、特に注意を引くものではない。

佳人が道路脇を歩いていると、背後から車が近づいてくる音がした。

反射的に振り向く。

そんなに幅が広くない道で、すぐ目の前には路上駐車された白いアベニールがあるので、走ってくる車の大きさによっては立ち止まってやり過ごしたほうがいいかと確認したのだ。

スピードを落としたのろのろ運転の車は黒のマーチだ。

これならば問題ないと思い、佳人は再び前を見て歩きだす。

佳人がアベニールの横を通っているとき、マーチもやってきた。

当然そのまますれ違って追い越していくのだろうと思いきや、

「すみませーん」

と助手席の窓を下げ、運転席の男が身を乗り出してくる。

「道に迷ったんですけど、ちょっと教えてもらっていいですか」

無視するわけにもいかず、佳人が足を止めると、マーチの男もその場で車を停めた。

いくら後続車がないとはいえ、道路の真ん中にいきなり停車して道を聞くとは大胆だ。

佳人はちらちらと後ろを気にしつつ、男が厚かましくも車に乗ったまま差し出してくる、ぺらりとした紙を受け取って覗き込んだ。手書きの汚い地図で、目印がいくつか書いてあるが、字を判別するのにさえ苦労する。

しばらく地図を眺めたが、さっぱり何が書いてあるのかわからない。

「すみませんが、おれもまだこの辺に住み始めて日が浅いので、ちょっとわかりません」

佳人は申し訳ないと思いつつも、そう断って地図を返そうとした。

「えー、この辺だと思うんですがねぇ」

浅黒い顔の小柄な男は、弱ったなあという表情で、まるで佳人が知らないのが悪いかのような口振りになる。

「黒澤さんってお宅、ホントにご存じないですか?」

いきなり男が予期しないことを言い出すので、佳人はまともに驚いた。

もしかして、遥からなにか伝言を頼まれでもしたのだろうか、という考えが頭に浮かぶ。佳人は意気込んで、男にもっと近づいた。

「それはうちです。おれは黒澤の関係者なんですが、なにかご用ですか」

「なんだ、そうなんですか」

マーチの男がたちまち晴れやかな顔になった。さっきまでの情けなさそうな表情が一転して笑顔になる。

けれど、目だけはまったく笑っていなかった。

むしろ、一瞬だけだが、ギラリと不気味に光る。

佳人はそれを見逃さなかった。

考えるより先に体が退けていた。

まずい、罠だ、と脳裏に危険信号が点滅する。

この男から逃げなければ、と思った途端、今までまるで気にしていなかった背後のアベニールの後部ドアが開き、あっという間に腕を摑まれて、乱暴に車の中に引きずり込まれていた。

まさかこの中にも人が乗っていたとは、まるで気がつかなかった。黒いフィルムを貼ってあったせいもあるが、とにかく気配を感じさせなかったのだ。

佳人を無理やり車に乗せると、マーチは動きだし、今度はアベニールの数メートル前の路肩に停車した。そしてマーチから降りてこちらの運転席に乗り込んでくる。

手際のいい連係プレーのおかげで、佳人は悲鳴の一つも上げる暇がなかった。

後部座席で佳人を羽交《はが》い締めにした男は、佳人の首筋にナイフを突きつけ、静かにしろ、と怖い声で脅した。

「少しでも騒げば頸動脈《けいどうみゃく》を切るぞ」

嘘か本気かはわからないが、佳人は逆らわずに小さく頷いた。遥が今どこでどうなっているのか聞くまでは、下手なことはできない。

こうなると、遥が事件に巻き込まれたのは、疑いようもなかった。

佳人は絶望的な気分になりながらも、とにかくどうにかしなければ、と心の中で繰り返す。

「おまえ、黒澤の秘書だな?」

「そうです」

佳人がしっかりした声で返事をすると、男は佳人の顎を掴み上げ、無理やり自分の方を向かせる。ぎりぎりまで首を捻らされて筋が痛む。身動《みじろ》ぎした拍子にナイフの刃が肌を掠め、薄く切り傷がついたようだ。

「なかなか肝が据わっているじゃないか。こんな女みたいな綺麗な顔しててよ」

「社長は、どこなんですか」

男の言葉は無視して、佳人は尖った声で聞いた。

顎にかかった男の指が、愛撫するようにいやらしく佳人の首筋を撫でる。佳人の全身が悪寒で粟立《あわだ》った。小指の先が欠けている。それにも気づいて、さらにぞっとした。左手の小指が第一関節からない男は、今までに何人も見てきたが、いずれも、進んで関わりになりたいと思える連中ではなかった。

「ちっとばかし用事があって引き止めさせてもらった。あんたがサツになんかタレ込まねぇで、おとなしく待っていれば、二、三日で帰してやる」

「お金、ですか」

「そんなんじゃねぇ！」

男が押し殺した声で低く怒鳴る。

十年間もヤクザの間で暮らしてきた佳人は、男に凄まれてもまだ普通の人間より平静を保てていた。幹部クラスは親分の愛人だった佳人に常に礼儀正しかったが、下っ端の連中にはちょうど今のような感じで、チャンスがあれば陰にまわって苛められていた。

この男の迫力はそれからするとまだまだだ。

ヤクザではない、と思った。長年の勘だ。

佳人にはむしろ、運転席でじっと黙り込んでいる男のほうが、質《たち》が悪そうに思える。

「金はもういらねぇ。あのときと違って、また一儲けできたんだ」

あのとき、とはどのときなのか、佳人にはわからない。ただ、どうやらこの男が過去に遥となにかあって、それを恨みに思っているようなのは理解できた。

背後から腕を回して拘束され、男の胸板にがっちりと捕《と》らえられているので、男と正面から顔を合わせることはできない。無理に首を曲げさせられたとき、男の顔は見たが、酷薄そうな口元と、狡猾《こうかつ》に光る目にばかり気を取られているうちに、また正面を向かされた。

男は匂いのきつい香水をつけていた。佳人はその濃厚なムスク系の香りが苦手で、息苦しさを感じてしまう。黒のレザーパンツを穿《は》いた足といい、指に嵌《は》めた大振りなリングといい、派手で遊び人ふうな出で立ちだった。あまりまっとうな社会人には見えない。一癖も二癖もありそうな、胡散《うさん》臭い男だ。

「俺はな、あいつのせいで指を落とす羽目になったんだ」

男が佳人の目の前に欠けた小指を翳してみせる。先端が丸くなっていて、当然ながら爪はない。佳人には格別目新しいものでもなかったが、あまり見せられたくもないものだ。以前一度だけ、不始末をしでかした舎弟が指を落とす現場を目の当たりにしたことがあり、その生々しい記憶を思い出す。怖がって泣き喚《わめ》いているのを二人がかりで押さえつけ、無理やりに指を落とさせたのだ。しばらくはその男の悲鳴がずっと耳に残り、気丈な佳人も寝つけなくなることがあった。おまえも逆らえばああなるぞ、と暗に警告されたのだ。まだ大学に入りたての頃で、体が細かく震えてどうにも止められなかった。

「怖いか？」

佳人が昔の記憶で体を固くしたのを、男は自分の指に怯えたのだと思ったようだ。

わざとその小指を佳人の頬に擦りつけてくる。

「ヤクザが指詰めするときにはな、今のご時世、麻酔を打って表にタクシーを待機させてから儀式的にやるんだぜ。でもよ、俺の場合はそんなご丁寧なことはいっさいなかったんだぜ」

佳人はどうにかして男から逃れたかったが、男は執拗に追いかけてきては耳の裏や首筋や唇の上に指を辿《たど》らせる。

「あいつにもそれと同じことをしてやる」

「やめてください！」

佳人は弾かれたように反応し、強く身動ぎした。

やっとのことで男の腕を振り解き、向き直る。

「社長にそんなことは、しないでください！」

「うるせぇ！」

男が憤怒《ふんぬ》の表情で佳人の胸倉を摑み上げてくる。

「なにが社長だ。やってることはそこいらのチンピラと同じくせによ！　金貸しだセックスビデオだなんだと、汚ねぇ商売ばかりやりやがって。そのくせ守銭奴《しゅせんど》の冷血漢だ」

「そんなのは、あなたの勝手な思い込みだ」

「うるさいって言ってんだよ！」

そのまま今度は乱暴に突き放されて、佳人はドアに背中と後頭部をしたたかにぶつけた。起き上がろうとしたら、男が覆い被さるようにして迫ってくる。

「いいか、綺麗な兄ちゃん。秘書だかなんだか知らねぇが、雇い主が大事なら、おとなしく帰りを待っていろよ。余計なことをしやがったら、生きて返してやれなくなるかもしれねぇぜ」

男はそこで佳人の顔をいやらしい目つきでじろじろと見て、下卑《げび》た薄笑いを浮かべる。

「俺には男をどうこうする趣味はねぇが、仲間内にはてめぇのような顔した優男《やさおとこ》に目がないやつがいる。社長を助けようなんて思って早まったまねをしたら、次はおまえを攫ってやるぞ」

男はますます佳人に体を寄せると、腕を伸ばしてドアを押し開けた。

ドアに凭れるような形で追いつめられていた佳人は、不意打ちに遭ってバランスを崩す。そのまま佳人は男に強く胸を突き飛ばされ、乱暴に路上に放り出されてしまった。尻餅を突いて倒れ込む。

「いいな、俺はしっかりと忠告したぞ！」

男は開いたドアを引き寄せながら、捨てゼリフを吐き捨てた。

そしてあっという間にドアを閉めると、車は急発車して走り去っていく。

動揺していたせいで、佳人はナンバープレートを確かめるのを忘れてしまい、気づいたときにはすでに車は遠くに離れすぎていた。

体がずっと小刻みに震えている。

まだ住宅街の道には誰もいなかった。

佳人は気を落ち着かせ、とにかく立ち上がった。胸倉を摑まれたせいで乱れたシャツとネクタイを直すが、指が震えたままなので、なかなか思うようにならない。

このままでは遥は連中にリンチされる。

いや、もうすでにされている最中かもしれない。

佳人はいてもたってもいられなくなった。

このままなにもしないで、手をこまねいて見ているようなまねができるはずがない。

乱れて落ちかかってくる前髪を掻き上げ、どうすればいい、と唇を噛みしめた。

警察には行けない。

行ったことがばれたら、遥がさらに危険だ。

しかし、事態は一刻を争う。救出が遅くなればなるほど、遥は嬲《なぶ》られ、どんな状態にされるかわからないのだ。佳人は、ときに人間がどれほど残酷なことを思いつくのか、よく知っていた。もし遥の身にそんなことが起きれば、佳人のほうが耐えられない。

とにかく、会社に行くのは取り止めることにする。

昨日と同じように黒澤運送で事務をしながら遥を待つつもりだったのだが、そんな悠長にしていられる場合ではないとよくわかった。

各社の取締役に就いている社員に連絡して対応を練る、という考えも捨てることにする。どんなに話し合ったところで、こういう場合はなんの解決にもならない。

こんなとき、どうすればいいのか知っているのは、同業者たちだ。組織力がある彼らには、人捜しなど朝飯前なのだ。

佳人は最も考えたくなかったことを考えなければいけなかった。

ヤクザにものを頼むということは、悪魔に身を売るというのに等しいことだ。自分の弱みを晒《さら》すのだから、当然向こうは頼みをきくのと引き替えに、骨の髄まで搾《しぼ》り取る。少なくとも佳人があてにできるのは、無条件で動いてくれるような男では、たぶんなかった。

それでも、彼、香西組組長以外に頼れる知り合いはいない。遥と懇意にしている東原の顔は一番に浮かんだのだが、佳人には東原と連絡を取る方法などわからない。相手は川口組の若頭である。当然といえば当然だ。それを聞くだけにしても、香西に仲介してもらうしかない。

佳人には香西と取り引きするものなど、なにもなかった。

一縷《いちる》の望みは、まだ彼が佳人の体に執着している可能性だけだ。

その場合、遥を助ける代わりにもう一度自分の許に戻れ、と言われるかもしれなかった。いくら香西がずっと長い間佳人に執心していたにせよ、今度戻ったら、以前のような厚遇はあり得ない。子分たちの手前がある。香西は自分で楽しんだあと、飢えたオオカミの群のような子分たちの中に、佳人を投げ出すに違いない。

恐ろしくないはずはなかったが、佳人には他に選択肢がない。

遥をすぐにでも助け出したい。

遥さえ無事に戻ってくるなら、佳人は自分がどんな目に遭っても、もしかすると二度と遥には会えなくなるかもしれないとしても、そのほうがよかった。

もしも通りすがりの人がいたなら、佳人の蒼白な顔色に驚いたかもしれない。

佳人は苦しくなるほど心臓を波打たせつつ、覚束ない足取りで大通りまで歩いた。交通量の多い幹線道路なので、タクシーはすぐに捕まった。

香西の朝は早い。

今から自宅に向かえば行き違いになってしまう可能性があったので、佳人は香西組の本部事務所がある場所を告げた。

声が震えてしまって、運転手が聞き返す。

二度目に行き先を言ったとき、佳人の声はようやくしっかりしたものになった。


組事務所の一つ手前の角で、佳人はタクシーを降りた。いくらなんでも正面玄関前に堂々と乗りつけるわけにはいかない。

近代的なオフィスビルの外観をした四階建てのビルは、いわば香西組の要塞だ。近づくものは一つ残さず監視カメラが捉えている。少しでも怪しげな素振りの人間が近づこうものなら、一階に待機している強面《こわもて》の舎弟が飛び出してくるのだ。

覚悟はつけたはずだが、佳人の足取りはどうしようもなく重くなる。

人より強情だとか気丈だとか評されるが、しょせんは佳人もただの二十七歳の男だった。両刀の親分に容色を売るにしては相当トウが立っている。周囲が言うほど自分を綺麗だとも思わない。しかも一度は裏切った相手なのだ。

相当に運がよくなければ、香西は会ってもくれないだろう。

もし会ってくれたとしても、佳人が差し出せるものが自分の体だけだと知れば、鼻で嘲笑《あざわら》われ、自惚《うぬぼ》れるなと叩き出されるだけかもしれない。

むしろ、香西自身が遥と面識があるから、遥のために手を貸してくれる可能性に縋るほうが確実な気もする。もっとも、香西と遥は、日頃から親しい付き合いをしている仲では決してないので、それは香西の腹一つだ。東原の口利きでもなければ、香西には遥のために動く義理はない。

ワンブロック歩く間にも、次から次によくないことばかりを考えてしまい、息をするのも辛いほど胸が苦しくなってくる。

これほど自分が弱いとは思ってもいなくて、佳人は腑甲斐ない自分を何度も叱責した。

佳人がしっかりしないと、遥は今この瞬間にも残酷に苦しめられているかもしれない。

切れそうなほど唇を噛みしめ、俯けていた顔を上げたときだった。

すーっと滑るように黒塗りの大型乗用車が佳人のすぐ脇に寄ってきた。

さっき車に連れ込まれていたせいで、佳人は反射的に素早く車の傍から飛び退いてしまった。

また同じ目に遭ったら、今度はただの間抜けだ。

だが、後部座席の真っ黒なスモークガラスを下げて顔を覗かせたのは、なんと東原辰雄《たつお》だった。

「こんな所でなにしてんだ、おまえ」

東原は、いつもは佳人に軽口ばかり叩いてみせるのだが、今はひどく真剣で、半分は怒っているような詰問《きつもん》口調だった。目つきも突き刺さってくるように鋭く、ごまかしなどいっさい受け付けないぞ、とばかりに底光っている。

「今日は水曜日だぞ。仕事はどうした。遥は一緒じゃないのか？」

矢継ぎ早に言われても、佳人はただでさえ平常心をなくしていたところだったので、当惑したまま短い返事もできないでいた。

「この先は香西の事務所じゃねぇか。どういうつもりでこんな場所を歩いているんだ！」

東原は徐々に表情を険しくしていき、とうとう佳人を怒鳴りつける。

「とにかく、乗れっ！」

バン、と内側から扉を開かれ、佳人も慌てて身を潜らせた。こんなビルの建ち並んだ通り沿いで、東原のような大物がウインドーを下げて顔を突き出していれば、狙い撃ってくれと言わんばかりの無防備な状態になるのだ。佳人は自分の迂闊《うかつ》さに気づき、あらためて蒼くなった。

「すみませんでした」

東原は佳人が覇気のない声で謝るのを無視し、運転手に車を出せ、と命じた。

「香西の叔父貴はまた今度だ。しばらく適当に走らせていろ」

続けてそう言っていたので、どうやら東原も香西を訪ねるつもりだったようだ。

佳人はこの偶然を誰にどう感謝すればいいのかわからなかった。

東原の車に拾われて、ようやく佳人は切れる寸前まで張りつめさせていた神経を緩めることができた。

幾ばくかの安堵が佳人に周囲に目を配る余裕をくれる。

このときに初めて、東原の隣にもう一人男がいることに気がついた。

一番奥に座っているからには東原の客ということになるのか、と少し緊張したが、遠慮がちに視線を向けてみると、まだ若そうな細めの男だ。東原よりはずいぶん小柄なので、陰に隠れて顔は見えない。しかし驚いたことに、スーツの上着を開いたままにした彼は、シャツの裾をウエストからはみ出させている。長くて綺麗な指が不自然に隠しているズボンの前も、どうやら開かれているらしいのだ。

見てはいけないものを見たようで、佳人は思わず目を逸らした。そして戸惑って視線をうろつかせていたところを、佳人を振り向いた東原に捕まった。

「なにがあった。遥と喧嘩でもして飛び出してきたのか」

東原は佳人をひたと見据え、単刀直入に聞いてくる。

佳人もハッとして気を引き締め直す。

「違います。そんなことじゃなくて、遥さんが拉致《らち》されたんです」

「拉致?」

東原が体ごと佳人に向き直る。

顔つきはいっきに険しくなっていた。

「どういうことだ！　なぜ遥が拉致されたんだ。鈴木とかいうボディガードはどうした」

「たまたま忌引きで休んでいました」

チッと東原が心底忌々《いまいま》しそうに舌打ちする。

遥の気質をよく知った男だから、それを聞いただけで、遥が一日か二日程度なら代わりのボディガードは必要ない、と突っぱねたのを察したのだろう。

「あのばかが！」

東原は誰に聞かせるともなくそうやって遥を罵《ののし》ると、なんの前触れもなく突然、佳人の顎を摑んで上向かせた。

「おまえも誰かに襲われたのか」

ナイフで薄く切られた傷を見つけられたのだ。

佳人は控えめに頷いた。

「今朝、出勤途中の路上で、車で待ち伏せされていました」

「そいつが遥を預かっていると言ったんだな？」

「はい。……警察に通報すれば、生きて返さないかもしれないと言われて、それで……」

「おまえまで連れていかれなくて助かったぞ」

東原はせっかちに、佳人の言葉が終わらぬうちにそう言うと、顎から手を引く。

しかし、助かったと安堵してみせながらも、東原はますます怖い顔で佳人を睨み据えた。

「それでおまえ、香西に助けてもらうつもりだったのか」

あまりにも凄味のある声と表情で迫られて、佳人はすぐには声の一つも出せなかった。体が震え、全身に冷や汗が滲んでくる。まるで射殺されるのではないかと思うほど恐ろしい視線で睨まれるのだ。その並外れた迫力に、佳人はどうしようもなく体を強ばらせた。今までは一度たりとも佳人には向けられたことがなかったが、これが普段隠されている東原の本質なのだ。東原は今初めて佳人に対し、凶暴で容赦のない性質を剝《む》き出しにしていた。

「答えろ」

無言は許されず、佳人は生唾を飲み込んでからやっと口を開く。

「他にどうしていいのか、わからなかったんです」

「香西が、そうかそれなら、と快くおまえに協力してくれると思ったか?」

「……思いません、でした」

「なら」

東原が佳人に、いっそう低くてドスの利いた声で言う。

「遥を裏切って香西に抱かれるつもりだったのか」

とうとうたまらなくなって、佳人は顔を背けてしまった。

返事などとてもできない。

本気で東原に殺されるような気がした。

「ばか野郎どもが」

東原はそう吐き捨てると、こっちを向け、と佳人の体を引き寄せた。

やっとのことで目を合わせると、東原の表情は、さっきまでよりずっと穏やかになっている。

「いいか、佳人。おまえは二度とこんな軽率なことをしようとするな。自分だけでは解決できないことが起きたら、まずは遥に言え。それがだめなら、そのときは俺だ」

佳人は目を見開いた。

まさか東原にこんな言葉をもらうとは思いもかけなかった。

東原が佳人の首筋の傷を、無造作だが労《いたわ》りを込めた仕草で撫で上げる。

「約束しろ」

「はい」

佳人の素直な返事に納得したのか、東原は彫りの深い男前の顔をいつも佳人が見慣れた親しみのあるものに変え、体も少し離した。

もう一人の人物は、二人の遣《や》り取りを静観しているだけだ。先ほどから一言も発さない。衣服の乱れはすっかり整えられているのが見える。

「それで遥は誰に捕まっているんだ」

「わかりません」

佳人が申し訳なさそうに項垂れると、東原が元気づけるように佳人の肩を揺さぶった。

「いいか、俺はどうしても今は動けない。俺のことを目障りだと豪語している叔父貴がいて、このところずっと水面下で怪しげな動きをしていやがる。週末には川口組傘下の直系組組長が勢揃いする懇親会があるが、それが今回は俺の仕切りで任されている。どんな些細な手落ちがあっても面子《メンツ》が潰れて、ここぞとばかりに対抗している連中が俺に牙《きば》を剝く。俺は自分の進退などどうでもいいとか綺麗事は言わん。ただ、その叔父貴に次期組長の座を渡したら、今の組の秩序が崩壊する。それだけは本家の親父さんも望んでおられないことだ。だから今は、ここを一時も離れられん」

「はい」

佳人には東原がどれほどもどかしい気持ちでいるのかがよくわかり、神妙に頷いた。

「さっきは偉そうなことを言っておまえを責めたが、肝心なときに動いてやれないようじゃ、俺に遥の親友を気取る権利なんかねぇな」

「おれが動きます」

佳人は東原の自嘲《じちょう》に首を振り、きっぱりとそう言い切った。

「お願いです、どうすればいいのか教えてください」

「おまえも本当に見てくれと中身が違って意外性のある男だよな」

東原は口角を上げて口元だけで笑ってみせると、もう一度佳人の首の傷に触れる。今度はさっきよりもっと優しい触れ方だった。

「遥がまたばかみたいに怒りまくるな、この傷」

「こんなもの、唾でもつけておけば治ります」

「ああ。そりゃそうだが、遥にしたら、おまえの体についた傷は、どんな小さなものでも許せないのさ。……遥自身がな」

遥自身が、という意味がよく理解できず、佳人は困惑した。

東原はフッと目で笑い、軽い溜息をつく。

それから、反対側にいた青年に顔だけ向け、

「貴史」

とぞんざいに名前を呼んだ。

えっ、と佳人は思った。

その名前は記憶の中枢を刺激する。ごく最近同じ名前の青年と、ひょんなことから名刺を交換したばかりだ。

シートに背中を凭れさせていた青年が、居住まいを正し、東原の向こうから佳人に顔を見せる。

「あ、あなた、昨日の」

やはり、昨日の朝、電車で気分を悪くしていた、端整な顔立ちの弁護士だ。

貴史のほうは佳人と東原の会話の途中から、気づいていたようで、それほど驚いた顔はしていない。佳人を見ると、にっこりと綺麗に微笑んでくれた。

「やっぱり。佳人さんと呼ばれていたので、そうかな、と思っていました。声があのときの方とそっくりでしたし」

「なんだ、おまえたち、知り合いか？」

この奇遇には東原も驚いたようだ。

「ええ、ちょっと」

貴史が曖昧《あいまい》にはぐらかす。

佳人は、あのとき貴史が言っていた、時間にうるさいクライアント、とは、もしかすると東原のことだったのかもしれない、と思い当たった。案外そうだったのではないだろうか。

世の中にはこんな偶然もあるらしい。

佳人は半信半疑ながら、偶然の持つ必然性を侮れないと感じていた。

香西のところに行く寸前で東原に引き止められ、次にはまた貴史と再会した。これはなにかの幸運な符号ではないかと、信じてもいい気がする。

「まあそれはいい」

いったい二人がどのような経緯で知り合ったのか、東原にはとうてい推《お》し量れなかったはずだ。

しかしこの場は東原もいっさい追及しなかった。

「佳人、こいつはまだ駆け出しの新米弁護士だが、なかなか頭の切れる男だ。大学時代は勉強の息抜きだとか称して、探偵事務所でバイトをしていた経験もある」

佳人は東原から貴史のことをそんなふうに説明されて、かなり意外に思った。どちらかというと病気がちで、あまり外に出ないデスクワーク好きの男かと想像していたのだ。

「俺の代わりに、こいつを貸してやる」

「えっ、……でも……?」

貴史を問うような目で見ると、彼は佳人に頷いてみせた。

「僕でお役に立てるなら、ぜひ手伝わせてください」

「本当に、いいんですか」

相手は何人いるかわからない上に、ヤクザ絡みの可能性が高い。いくら東原の知り合いで、多少の経験がある男とはいえ、赤の他人をそんな危険に巻き込んでもいいものか、佳人には躊躇われる。実際は藁《わら》にも縋る思いなのだが、諸手《もろて》をあげて、お願いします、とは言いにくい。

貴史は佳人が心配する気持ちを察したらしい。

じっと佳人の目を見つめ、ぜひ、ともう一度強く言いきってくれた。

「さっき東原さんとお話しされていたのを聞かせていただきました。僕に言わせれば、あなたが今朝車に連れ込まれたときに、そのまま拉致されなかったのは奇跡的なことです」

佳人も確かにそう思う。

連中は遥と佳人が、社長と秘書というだけの関係ではないと、知らないのだ。知っていれば必ず佳人も拉致されたことだろう。

「事情を聞いたら知らん顔してはいられなくなりました。あなたが捨て身なのがわかるから心配なんです。放っておいたらどんな無茶でもされるような気がする。あなたに傷をつけたくないと思っていらっしゃるその方の気持ちが、僕にもよくわかります」

そんなふうに言われると気恥ずかしかったが、佳人はもう迷わずに、お願いします、と頭を下げた。

東原が運転手に車を停めさせ、佳人と貴史を降ろした。

降りる間際に東原は、佳人に十一桁の数字をすらっと言った。携帯電話の番号だ。

「今度からはなにかあったらそれに連絡しろ」

そして貴史には、任せたぞ、とだけ声をかけ、さっさと車を発進させて行ってしまった。

「驚かれたでしょう?」

貴史は佳人を促して足早に歩き始めた。

佳人も肩を並べてついていく。

どこに向かっているのかは聞かされていないが、貴史の足取りがあまりにも確信的なので、余計な質問をする気になれない。東原ほどの男に信用されているからには、ただ見てくれが綺麗なだけ、ただ頭がいいだけの人間ではないはずだった。彼を信じるしかない。

「事件のこともだけど、まさかあなたとこんな形で再会するなんて、不思議ですね」

「本当ですね。執行さんは、東原さんとお知り合いだったんですね」

「僕のことは貴史で結構ですよ」

貴史は行きつけらしいカフェのドアを押し開けながら佳人を振り返る。

「この店、ベーグルサンドが美味しいんです。僕のお勧めはエビとアボカドの挟んであるやつですけど、佳人さんはお好きですか？」

「あ、いえ、おれは。あまり食欲がないんで……」

こんなときにのんびりとカフェで朝飯など食べられる気分ではない。佳人は困惑しながら入り口付近で立ち止まってしまう。コーヒーの一杯も飲んでいる暇があれば、もっとどこかを駆けずり回り、情報の一つでも得に行きたかった。

しかし、貴史は佳人の顔を見て、諭《さと》すように言う。

「気持ちはわかりますが、食べられるときにちゃんと食べておかなければだめです。敵地に乗り込んで物陰で息を潜《ひそ》めていなくてはいけないようなとき、万一腹の虫でも鳴ったらどうするつもりですか。助けに行ったはずが捕らえられて、あなたの大事な人はあなたを助けるためにもっと無理をする羽目になるんです。まさに本末転倒ですよ。そうならないと言い切れるなら、べつに食べなくてもいいです」

「食べます」

佳人が間髪《かんはつ》容れずに返事をすると、貴史は、それでいいんです、というふうに優しく笑う。ふわりと柔らかな雰囲気をしているわりに、貴史はなかなか押しの強い男だ。弁護士という職業柄、万事控えめではもちろん仕事がやりにくいだろうが、思った以上にしゃきしゃきしている。

奥のテーブルについてオーダーをすませると、貴史は早速佳人から事件の経過を聞き出した。

佳人は知っている限りのことを貴史に話す。遥が撮影スタッフに同行して無人島に行ったこと、日帰りのはずが真夜中になっても戻らず、監督の携帯に電話したこと。

貴史は注意深く佳人の話を聞いており、ときどき質問をした。

「翠が島というと、過疎化が進んで何年か前にとうとう誰も住む人がいなくなったところですよね。元々五十戸ほどしかなくて、人口も二百人かそこいらだったけど、自然に恵まれた綺麗な島だと聞いたことがある。そこに渡ったんですね」

「はい。本土からの渡し船は不定期で、あらかじめ頼んだ時間にしか迎えに来てもらえないそうなんです。社長は一本早い便で帰ったはずだ、と言われました。たまたま別のグループも島に渡っていたらしくて、そちらと一緒に船に乗る約束ができていたそうで」

「なるほど。じゃあまずは本当に船に乗ったかどうかを調べる必要がありますね。無人島に船を渡しているのは、本業の船会社などではないはずです。たぶん付近の漁師さんが片手間にやっているとか、そんな感じなんでしょう。個人交渉で船を雇えば、スタッフを乗せた船長が、前に出た船に誰が何人乗ったのかわからない可能性も高いです。だからスタッフは実際のところなにも知らないんじゃないでしょうか」

それは考えられる話だった。

佳人が神妙な顔で頷く。

ちょうど頼んだ食事が運ばれてきたので、佳人は少しくらい無理だと感じても、胃になにか入れておくためにベーグルサンドに手をつけた。貴史お勧めの具入りだ。確かに美味しい。

「食事がすんだら現地に行って、まずはそこから聞き込みをしましょう」

「そうですね」

「大丈夫、連中はまだあなたの大事な人に手出ししていませんよ。きっと間に合います」

それは気休めかもしれなかったが、そう言ってもらえたことで、佳人も、遥はきっと無事だ、と信じられた。ただ、毎回貴史が遥のことを、あなたの大事な人、と呼ぶのには赤くなる。

「社長は、黒澤といいます」

佳人が控えめに教えると、貴史は頷く。

「知っていますよ。黒澤遥さんですよね。東原さんからちょくちょくお名前が出るし、実は僕も何度かお目にかかったことがあります」

「そうだったんですか」

「あなたからクロサワグループ社長秘書の肩書きが入った名刺をいただいたとき、もしかしたら、とは思ったのですが、黒澤というのも特別珍しい名前ではないですから、確信はしていませんでした。さっき車の中でも、最初少しぼんやりしていたもので……」

貴史は微かに目を細め、言葉の続きをごまかすようにコーヒーを口にする。

黒い髪が日の光を受けて艶やかに輝いている。綺麗だった。

朝の日差しが降り注ぐカフェの窓際で、佳人は目の前に座る年若い弁護士に、色めいた想像を働かせてしまった。乱れていた衣服と、気怠そうに背中を凭れさせてシートに座っていた姿を思い出す。佳人を乗せる直前まで、二人がなにをしていたのかごまかしようもない有様だった。東原の夜の事情はまったく知らないが、なぜだか佳人は、東原のことをひどく禁欲的な男だと思っていた。女の話を聞いたことがないのと、遥をプラトニックに熱愛しているようだから、勝手にそう感じたのだろう。

佳人の視線に気づいた貴史は、困ったように目を伏せる。

「先ほどはだらしないところをお見せしました」

「あ、いいえ、そんなことは」

慌てて否定してから、佳人はふと不安になる。

「もしかして、昨日約束の時間に遅れたから、無理なことをされていたわけではないですよね？」

貴史は一瞬虚を衝かれたようだが、次には面白そうに口元に笑みを浮かべて否定する。

「違います、違いますよ、佳人さん。あのときの相手は確かに東原さんでしたが、僕と彼はもう二年来の関係なんです」

体だけですけど、と周囲を憚った声で付け加える。

佳人はどんな反応をすればいいかわからなかった。

「まぁ、二年の間には多少いろいろとありましたけど、今はかなり落ち着いた関係です。とりあえず基本は大物ヤクザと顧問弁護士の端くれですから」

「顧問なんですか」

「いちおうそれに近い感じですね。白石《しらいし》という有名な先生が顧問として主についているんですが、なにぶん忙しい先生だから、ちょっとした事件の場合は東原さんが僕に回してくるんです。僕は元々白石先生の事務所にいたので、以前から面識はあったんですよ」

貴史が自分自身のことを特に隠し立てせずに喋るのを聞き、佳人は自分も彼におおまかなところで遥や東原、香西との関係を話しておいたほうがいいのだろうか、と迷った。どう考えても軽い過去ではないし、いつもならばあえて人に話そうなどとは考えないのだが、貴史になら比較的話しやすい気はした。

「おれと社長のことも、お話ししたほうがいいですか？」

念のために佳人が聞くと、貴史は静かに首を振って否定する。

「佳人さんが話したいなら聞きますが、べつに無理することはありませんよ。ただ、あなたが他人行儀に社長、なんて呼ぶと、僕もつい意地悪したくなるので、次からはいつものように呼んであげてください。僕にはあなたが秘書として社長の彼を心配しているのではなく、プライベートな恋人として彼を心配しているように見えます。そのほうが僕としても協力しがいがあって、ますます張り切れますからね」

「でもそれは、なんだか……」

惚気《のろけ》ているようではないだろうか。

佳人はそう思い、羞恥で赤くなってきた。

「惚気でいいんですよ」

貴史が佳人の言葉の続きを察してあっさりと言う。

「好きな人のことを心配するのに、誰に遠慮することもないんです。僕はそう思うな。恋人や家族が一生懸命になっている姿には感動させられますよ」

「ええ」

「遥さんも幸せ者だな」

貴史は羨ましげに目を細める。

その言葉と表情が、佳人に、彼と東原のことを考えさせた。

たぶん、貴史は東原が好きなのだ。

東原の気持ちはとうてい佳人などにはわからないが、貴史にこんな目をさせるところを見ると、気持ちが通じているとは言い難いのだろう。

食事を終えると、二人はその足で翠が島に渡し船を出している真浦半島に向かった。

なんとしてでも今日中に、遥が監禁されている場所を見つけなければいけない。佳人は電車に揺られながら、遥の無事を祈って唇をきつく引き結んでいた。

遥《はるか》は不自由な姿勢のまま冷たい板張りの上で一晩過ごした。気がつくと壁板の隙間から光が洩れてきている。それで朝になったのだとわかった。

昨夜は恐怖や緊張からではなく、寒さのせいであまり眠れなかった。顔にバケツごと水を浴びせかけられたので、髪もシャツも濡れたままだったのだ。もちろん毛布の一枚も掛けてもらっていない。夜の冷え込みは厳しく、さすがにぐっすりと安眠できる状況ではなかった。

何度となく蹴られたのと、硬い床で寝たのとで、体のあちこちが痛む。

さぞかしスーツもなにもボロボロの、酷い有様になっていることだろう。確かめたくとも、手首を繋がれたロープの長さが短すぎ、足も固定されているので、体を起こすことができない。

不様《ぶざま》だな、と遥は自嘲《じちょう》した。

常日頃から危機管理を徹底しろ、と東原《ひがしはら》に口を酸っぱくして言われていたが、これまで危険らしい危険に遭遇したことがなかったので、自分は大丈夫だと油断する気持ちが芽生えていた。

むしろ今の遥には、自分自身より佳人《よしと》のことがもっと心配だったのだ。香西組《こうざいぐみ》のチンピラに襲われたり、遥を恨む連中の標的にされたりしないかと考え、ボディガードは佳人につけておきたいくらいの気持ちでいた。

自分のことよりも好きな相手のことが気にかかる。

恋をすると皆そうなるのだろうか。

遥にも過去の恋愛経験はあり、佳人が初恋ではないのだが、これだけ誰かに心を奪われ、夢中になるのは初めてだ。しかし素直ではないので、心の中で百思っていたとしても、いざ口に出せるのは一つか二つなのだ。

自分が体のどこかを失えば、佳人はどうするだろう、という考えが遥の頭に浮かんできた。気持ちの優しい男だから、遥のために今以上に尽くそうとするに違いない。一億の身請け金のことを気にして、たぶん一生傍《そば》にいようとするだろう。

もしそうなれば、佳人を解放してやろう、と遥は決心した。

佳人に負担をかけるのは嫌だった。

ただでさえ自分のためには時間も金も遣わない男なのに、遥が歩けなくなったり見えなくなったり腕をなくしたりすれば、もっと世話をかけることになる。

連中は最後には遥に会社や自宅の権利を譲渡するように書類を書き換えさせるかもしれない。そうなれば遥は社会的にもすべてを失い、また裸一貫《いっかん》からやり直しだ。まだ遥は三十二だ。やり直す気概と自信はあるとしても、好きだからという理由だけで佳人にまで同じ苦労はさせられない。たとえ佳人が遥のことを想ってくれているとしても、遥自身が嫌だった。

単なる見栄やプライドではなく、自分のような男とかかわったためにまた不幸になる佳人を見るのが嫌なのだ。はっきり言って、遥には見栄やくだらない自尊心はない。事業家としてここまで来るのにも、泥水の中を這い回るようなことに耐えてきた。

遥には元々野心しかなかったのだ。

今でこそこうして、どこからどう見てもいっぱしの青年実業家面をして、ある意味豪勢な暮らしをしているように思えるかもしれないが、本質は家柄のいい御曹司とはほど遠い。生まれはどこかの社長令息で、立ち居振る舞いに隠しようもない育ちのよさが垣間見える佳人とは、本来住む世界が違う。

こんなことになるのなら、佳人を抱くんじゃなかった、とも思った。

秘かに胸の内に溜めていた愛しい想いが、堪《こら》えきれない情熱になって遥を突き動かしたとき、抱いてしまう以外には気持ちの吐き出し口がなく、後先考えずに押し倒してしまった。佳人も望んでいたのはわかったが、我に返ってからは青臭い自分が恥ずかしかった。

その後も言葉らしい言葉もないまま何度か体を重ねたが、そうすればするほど愛しさが増して、このままでいいのかと遥を戸惑わせた。

一度はきちんと言葉で気持ちを確認し合い、この先もこのまま続けていいのか、佳人は本気で遥とこんな関係になって後悔していないのか、恩を感じての義理ではないと断言できるのか、聞かなければと思い続けていた。

昨夜もそうだ。

今夜こそは、と思ったのに、いざとなるとやはり言葉が出なかった。

それも今となってはかえってよかったのかもしれない。

気持ちを確かめ合う前の今ならば、心を鬼にして佳人に出ていけと言える。理由を聞かれても、本当のことは言わずにすむ。飽きたとか、用なしだと言ってやればいいのだ。そのときは佳人も傷つくかもしれないが、先のことを考えればそれが一番いい方法だ。佳人なら新しい職場を見つけ、自分で家を借り、そして可愛い恋人を妻にして幸せな家庭を築けるだろう。

天井の太い梁《はり》を見上げつつ、遥はずっとそんなことばかり考えていたので、引き戸がガタガタ音をさせて開かれるまで、誰かが小屋に近づいてきていたのに気づかなかった。

「ほら、飯だ」

坊主頭がドスンドスンと靴音をさせて傍に来る。

遥の頭の横に置かれたのは、餡《あん》パンとパック牛乳だ。

「手を解いてくれ」

遥は屈み込んだ坊主頭に、頼むというより要求する口調で言った。

「せっかくの志《こころざし》が受け取れない」

「あんたも懲《こ》りねえ男だな」

坊主頭は怒るより先に呆《あき》れ果てていた。

「普通の男なら、朝になったらヒィヒィ泣いて、助けてくれって縋ってくるもんなのによ」

「殺す気はないんだろう？　食い物を持ってくるくらいだから、本当らしいなと思っただけだ」

「場合によっちゃあ、殺されるほうがマシってこともあるんだぜ、お兄さん」

遥は肩を竦《すく》める。

「泣こうと喚《わめ》こうと、どうせ逃がしてくれるつもりはないんだろうが。俺は無駄なことはしない主義だ」

坊主頭の顔が険しくなる。

殴られるか、と思ったが、拳《こぶし》を振り上げてはこなかった。少々叩いても自分の手が痛くなるだけで効果は薄いと思ったのだろう。

坊主頭は遥を殴るかわりに、一つに纏めて拘束した手首の縄を柱から外し、体を起こせるようにしてくれた。不自由ではあったが、どうにかパンを摑んで嚙《かじ》り、牛乳をストローで飲むことはできる。足首は床に打ち込まれた鉄製のフックに繋がれたままで、雁字搦《がんじがら》めになった複雑な結び目は、容易には解けそうにない。手首を拘束された状態では、刃物でもない限り、まず無理だと思われた。

やはり、一人ではとても逃げ出せそうにない。

遥は観念すると、男が袋を破ってくれたパンを受け取った。

「意外と親切だな」

食べながら遥が言うと、坊主頭はフン、と侮蔑《ぶべつ》の声を出す。

「ばかか、てめぇは。今夜のお楽しみまでにせっかくの獲物の活きが落ちたら、依頼人ががっかりするってだけだ」

「なるほどな」

「もうすぐ船が着くはずだ。そいつと対面できるぜ」

「なんてやつだ。男か女か？」

「男だ」

いよいよだから、もう喋《しゃべ》っても問題はないと思ったのか、坊主頭は昨夜より数段饒舌《じょうぜつ》だった。

「境道夫《さかいみちお》ってやつだ。覚えがあるんじゃねぇのか」

名前を聞いて記憶を探ったが、思い出せない。偽名を使っている可能性もあるので、顔を見てみなければなんとも言えなかった。

「左手の小指がないやつだ」

「知らんな」

「ケッ。ともかく首を洗って待ってな」

坊主頭は、遥の腕と柱とを繋ぐロープの長さを調節し、今度は体を起こしたままでもいられるように括《くく》りつけ直す。

「依頼人と寝たままご対面じゃあ失礼だからな」

「確かにこのほうが礼には適《かな》っているだろう」

「おい」

坊主頭がもう一度遥のすぐ傍らに座り込んできて、遥の顔を掴み、上向かせる。

陰険そうな細い目に、それまでとはまた少し違った、粘っこくていやらしい色が窺える。

「逃がしてやってもいいぜ」

囁くような低い声で坊主頭が唐突なセリフを言う。

遥は黙ったまま男の目を直視する。

坊主頭が薄い唇をチロチロと舌先で舐《な》める。爬虫類のようだった。

「なぁ、今なら兄貴はまだ寝ている。逃がしてやろうか？」

「……どういう風の吹き回しだ」

遥も低く抑えた声で聞く。

「あんたみたいな男には初めて会った」

坊主頭は熱の籠《こ》もった調子で遥の耳元に囁きかけ、おもむろに手を股間に滑り込ませ、握り込んできた。

なるほど昨日交わされていた話はこういうことだったのか、と気づく。

「やめろ」

遥は坊主頭の魂胆《こんたん》がわかると、冷たい声音で言う。

「悪いが俺にその気はない。さっさとその気持ちの悪い手をどけてくれ」

「なんだと！」

坊主頭の顔がみるみる憤怒《ふんぬ》で赤黒くなる。もう声を憚《はばか》ってはいなかった。

「調子に乗りやがって、この野郎！」

遥にそっけなく拒絶され、あしらわれたことで、坊主頭の自尊心はめちゃくちゃになったようだ。

しかし遥は前言撤回するつもりはなかった。どんな不様を晒しても、ここぞというときには目的のために己を捨てても憚らないのが遥の流儀ではあるが、今度だけは譲れない。

もし坊主頭の望んだものが金や物品なら、遥ももう少し考えた。

もしこれが八ヶ月以上前なら、体を、と迫られても、躊躇《ためら》うどころか進んでそれを餌にしたかもしれない。だが今その気はなかった。

憤《いきどお》った坊主頭に、背中や腹を殴り蹴られた。

キレた坊主頭は手がつけられないほど凶暴で、騒ぎに気づいて飛び込んできた兄貴分の大男が坊主頭を殴りつけて遥から引き離さなければ、遥はそのうち殴り殺されていたかもしれない。

「馬鹿野郎っ！　てめぇ、なに血迷ってやがるっ！」

大男は坊主頭を殴り倒すと、床に転がったところをブーツの爪先で何度も蹴りたくって小屋の外に押し出していく。

「こいつを今からボロボロにしたら、依頼人から残りの金がもらえねぇじゃないか！　あれほど目立つ傷はつけるなって言っただろうが！」

坊主頭は蹴られるたびに情けない悲鳴を上げ、もごもごと言い訳をしている。

「どうせまたあの色男見て変な気を起こしたんだろうっ！　てめぇなんざ、さっさと二丁目に帰れ！　あっちでチンケな強請《ゆすり》でもやってるほうが似合いだぜ」

遥は床に横倒しになったまま口の中に溜まっていた血を吐き出し、全身の痛みに眉を寄せた。歯が折れたり欠けたりしていないのが嘘のようだ。

小屋の外に出た大男が、あいつの怪我は拉致するとき抵抗されて仕方なくということにするからな、と言っているのが耳に届く。

遥にはどうでもいい話だ。

少しは腹ごしらえもできたことだし、起こされるまで寝ておこうと思って、目を閉じた。


「おい、起きろ！」

頭上から怒鳴られたのと同時に足を蹴られ、遥は乱暴に起こされた。

「ふてぇ野郎だぜ。こんな状態で眠ってやがるとはよ」

周囲を四人の男に囲まれている。増えた二人のうち、一人は船にいた男だ。だが、あとの一人は初めて見る顔である。

初顔の男が、どうやら遥を拉致させた張本人のようだ。頬骨の尖った、ぎすぎすした印象の男で、脱色してウェーブをかけた髪や、レザーパンツにブランドもののジャンパー、中に着込んだサイケデリックな色合いのシャツなどが、いかにも軽薄な遊び人ふうだった。

「あんたがクロサワグループの社長か」

男に聞かれて、遥は、そうだが、と肯定した。

やはり相手も遥と初対面なのだ。

いったいこの男にどんな恨みを持たれているのか見当もつかない。

「ずいぶん抵抗してくれたそうだな？　仲間の一人が凄い顔になっているじゃないか」

それは俺の仕業《しわざ》じゃない、と言ってやりたかったが、先に大男がわざとらしい相槌《あいづち》を打ったので機会を逸《いっ》した。大男は話を逸らすかのように、見苦しいからおまえは向こうで酒盛りの準備をしていろ、と坊主頭を追い払った。

さっきからずっと遥を憎々しげに睨《にら》みつけていた坊主頭の顔は、青や赤の醜《みにく》い痣があちこちにできていて腫れ上がり、確かに悲惨になっている。気の毒といえば気の毒だったが、あいにく遥は人の心配をしていられる状況ではない。

坊主頭と一緒に、増えたもう一人の男もいったん小屋から出ていった。この男は、浅黒い顔をした小男だ。それ以外には特に目立つ特徴はない。

埃《ほこり》まみれの薄汚い小屋には、どこから探してきたのか折り畳み式の椅子が一脚増えている。

境道夫という名前らしい男が勿体《もったい》ぶった仕草で椅子に腰掛け、足を組む。古そうな椅子はギギッと錆《さ》びた音をたてた。

遥は椅子に座った境を見上げ、ぞんざいな口調で質問する。

「あんたは誰なんだ。悪いが俺にはさっぱり覚えがないが」

「俺か。俺はな、あんたの会社が無慈悲だったおかげで、大事な小指を落とされた男だよ」

「どの会社のことだ」

「ケチなサラ金と、しみったれAVの会社さ」

遥は黙って眉を寄せる。まだよくわからなかった。

境の左手は、確かに小指の第一関節から先が欠けている。すでに傷口は丸くなっているので、指を詰めたのはここ最近の話ではないのだろう。消費者金融にしろAVにしろ、結構揉め事は多いが、どの会社についても、ある程度大きな事件が起きれば遥は記憶している。それでも思い当たらないということは、境がなにか勘違いしているのか、もしくは逆恨みの可能性もある。

大男は二人の傍を離れて壁に凭《もた》れて立ち、太い腕を胸の前で組むと、隙のない視線をこちらに向けていた。

「今からゆっくりと話して聞かせてやるよ」

境が気味の悪い猫撫で声を出す。

「その前に、まずは今からのスケジュールを説明してやる。あんたとの語り合いを気のすむまでしたら、あんたをここの梁に吊るしておく。今さっき出ていったやつが俺と一緒に船で運んできたいろいろな小道具の中に、チェーンブロックもある。それを取りつければ、あんたの体重が何キロあるか知らないが、片手で簡単に上げ下げできるって寸法だ」

次に、と境は楽しそうに続ける。

遥が無言でいるのを、怯えているためだと思ったようだ。

「あんたを吊るしたら俺たちは向こうで宴会だ。あんたを思う存分にいたぶってくれるやつらは、酒が入るともっと浮かれて調子が出るらしい。あんたも少しくらい長く吊り下げられておいたほうが、肉が締まってよけい男前になるだろうからな。まぁ、だいたい予定では八時か九時頃にはまたここに戻ってきてやるよ」

それからがいよいよ本番ということだろう。

境は開襟シャツから覗《のぞ》く太い金の鎖を指で神経質に弄《いじ》りつつ、底意地の悪い顔つきになる。

「俺たちはあんたを殺すつもりはない。ただ少しだけ俺が味わったのと同じ恐怖と痛みを思い知ってもらえばいいことだ。もちろんこんなふうに指がなくて不便なこともな。だから朝には解放してやる。解放してやるが、船が迎えに来るのは夕方だ。俺たちは先に島を出ないといけないからな。俺たちが本土に着いたら、あんたのための船を寄越《よこ》してやる。どうだ、親切なことだろう」

「ある意味そうかもな」

遥が平静な口調で返すと、境は気にいらねぇな、と不機嫌を丸出しにした。

「少しは怯えてみせたらどうだ。冷血漢め！」

「冷血漢はあんただろう」

「なんだと！」

「俺にはあんたが俺にこんな仕打ちをしようとする理由が、まったくわからないからな。反省しようにも、しようがない」

「いいか、よく聞きやがれ！」

境が椅子を蹴り倒す勢いで立ち上がり、遥の胸倉を摑んでくる。

全身に受けた打撲が痛み、遥は僅かに顔を歪めた。境はそれを見てニッと笑う。

「俺はな、おまえの会社から追加融資を断られて、仕方なく兄思いの妹を泣く泣くＡＶに出させようとした。そしたら、そこでも追い返されたんだ。あとから聞けば、どっちもあんたの会社だって言うじゃねぇか。つまり、あんたに二度も弾かれたわけだ」

それがどうした、と思ったが、遥はおとなしく口を閉ざしていた。

融資を断るとかビデオ出演を断るとかは、はっきり言って日常茶飯事だ。ましてほとんどの場合、遥が直接判断しているわけではない。消費者金融には融資基準のマニュアルがあるし、ビデオに使う女優は監督のインスピレーション次第だ。遥は企画にだけ口を出すが、他はほとんどノータッチでいる。

「おかげで俺はばくちの負けが返せず、二ヶ月間必死で逃げ回って恐怖のどん底に叩き込まれた上、とうとうとっ捕まって、さんざんな目に遭《あ》わされた」

そのときのことを思い出したのか、境はギリギリと歯軋りし、遥の体を乱暴に揺さぶった。

「この指のおかげで俺はまともな職にも就けず、昔の女のところを転々として食い繋いだんだ」

最初ばくちに手を出したときは、郵便局に勤めるごく普通の勤め人だったのに、と境は言った。配達先にヤクザの事務所があり、そこでカモを探していたチンピラの口車に乗ってしまったのが、そもそもの運の尽きらしい。派手好きで金遣いの荒そうなところを見抜かれたのだろう。おまけに堅い職業だから、相当な金額まで借金をさせることができると向こうは踏んだのだ。

「おまえの会社で土下座までして頼んだのに、ガードマンを呼ばれて冷たく追い返された。以前は頼みもしないのに、増額できます、とか愛想のいい声で電話をかけてきやがっていたくせに！ いざとなったらこうだ。お客様のご融資枠はすでに最大限度を超えております、だと！」

「余所《よそ》にも行ったんじゃないのか。断られたのはうちだけじゃないんだろう」

「うるせぇ！ おまえのところの対応が一番むかついたんだよ！ ビデオ会社の件もあったから特にな！」

「俺も運のない男だ」

これは完全な逆恨みだ。

遥は心の底からそう思った。まっとうな理由があるならともかく、こんなばかげた理由から拉致監禁されて嬲《なぶ》られてはたまらない。

しかし、話して納得させられそうな雰囲気ではなかった。

境はすっかり自分の言い分を正当だと思い込んでいる。目を見ればわかった。クスリでもやっているのではないかと勘繰りたくなるほど、不自然にぎらついている。

同時に遥はAV絡みで、そう言えば、ということを思い出した。

ずいぶん前に監督が、いつもの軽口はどこへやら、本気で怒りまくっていたことがあった。高校生の妹を無理やり引っ張ってきた男がいて、ブサイクな女だがなにをさせてもいいから三百万円分使ってくれ、と執拗《しつよう》に頼みに来たので、一昨日来い、と叩き出したそうなのだ。女の子は終始泣きっぱなしで嫌がっているのに、うるさいと頬を殴ったりして、おまえも頭を下げろ、と強要していたらしい。

監督は胸糞《むなくそ》悪くてたまらなかった、と吐き捨てるように言っていた。もう少し男のほうが見栄えがするなら、男自身をハードSMに出演させてやった、と息巻いていたが、どうしても食指が動かなかったそうなのだ。あれでなかなか美意識の高い職人気質の監督だから、興が乗らないと絶対にうんと言わない。そしてなにより、人道を決して踏み外さない点を、遥は高く買っていた。

境がそのときの男なのだ。

遥は下衆《げす》め、と心中で罵《ののし》った。

なにが、兄思いの妹を泣く泣く、だ。

帰ったら監督に特別賞与を渡してやってもいい。

境はようやく遥の胸倉から手を離し、床に突き倒して立ち上がった。

「その余裕たっぷりの顔が醜く歪むのを早く見たいぜ」

ちょうどそこに、小男が段ボール箱と脚立《きゃたつ》を持って戻ってくる。箱の中身は金物らしく、カチャカチャと金属同士が触れ合う音がする。

今から遥を吊るすための準備をするのだ。

チェーンブロックというのは、歯車の付いた滑車《かっしゃ》が中にいくつか仕込まれた装置で、チェーンで巻き上げたり下ろしたりするようになったものだ。これを梁に取りつけ、遥の手首か足首かをチェーンの先に引っかければ、あっという間に吊り下げられる。

遥は無表情のまま小男の作業を見ていた。

大男は相変わらず黙って腕組みしたままだ。

境がまた遥の間近に屈み込んでくる。立ったり座ったりと落ち着かない男だ。

「いよいよだぜ。俺もヤクの販売にちーっと絡めるようになってから、嘘みたいに金回りがよくなった。金ができたら、とにかくあんたに復讐しようと決めていたんだ。こいつらみたいな元暴力団組員でなんでも屋をやっている連中は、金次第で本当になんでもしてくれる。ずっと前から、あんたの御殿みたいにでかい家の付近でときどき張り込みをして、ちょこちょこ様子を窺ってたんだ。そしたら、たまたま一昨日、ボディガードみたいな強面《こわもて》の兄ちゃんが一緒じゃないのを見たってわけよ。おまけに、のこのこと無人島に出掛けてくれるとはな。おあつらえ向きの状況とはこの事だ。こんなにうまくいくとは思わなかったぜ」

境は満足そうに悦《えつ》に入っている。

どうやら三人は現役のヤクザではなく、金だけが目的で動いている男たちらしい。

「俺も昨日から一緒だったら、あのＡＶ監督もどうにかして拉致してこさせたんだが、勿体ないことをした。こいつらは言われたことしかしないからな。だから、そのぶんあんたに二倍サービスしてやろうじゃないか」

「遠慮する」

遥が強気に言い返したとき、小男が脚立から下りた。

境が満足そうに取りつけられたばかりの装置を見上げ、長く垂れ下がっている二本の太いチェーンを揺らして軽い音をたてさせる。

「よし、こいつを吊ってみせてくれ。とりあえず、足が下でいい。手首には布でも巻いてやれ。あんまり弱られても面白くない。服もそのままだ。俺は野郎を脱がせる趣味はないんだ」

ずっと壁に凭れていた大男もやってきて、遥の肩を無造作に摑んで拘束すると、フックに結んだ手足のロープを解いた。足首をまとめて縛ったほうはそのままだが、手首のほうはいったん解かれ、手拭いを巻きつけられた上からもう一度縛り直された。そして両脇に腕を入れ、小屋の中央の、梁の真下まで引きずっていく。

「だけどよ、案外あんたは自分が痛めつけられても懲りないみたいだな」

境はまだ喋っていた。

「俺はちょっとしくじったかな。今朝、あんたの家から出てきた男を捕まえて、少しばかり脅しつけてきたんだが、なかなかお目にかかれないほど綺麗《きれい》な兄ちゃんだったぜ」

途端《とたん》に遥は境を見上げ、目を剝いた。

「あいつは関係ないだろうが！」

遥の迫力に、境が一瞬だけたじろぐ。

言い放ってから遥もしまった、と後悔したが、もう遅い。理性より感情が先走ってしまった。あれほど慎重にならねばと自分を戒《いまし》めていたつもりだが、いざとなったら佳人に危害を加えられたくない一心で興奮した。

「へぇ……、なんだ、もしかして、あんた……」

「勘繰るな。あいつはただの秘書だ」

遥は努めて突き放すように冷たい口調で言ったが、境は明らかにまだ疑っている。小狡《こずる》そうに目が光っていた。

話をしながらも、遥の体は徐々に腕を頭上で一纏《ひとまと》めにしたまま引き伸ばされていく。

滑車がチェーンを巻き込む音が、小屋の中に響いていた。

「今朝車の中に引きずり込んで、警察には知らせるなと脅してから放してやったんだ。ちくしょう。あのまま連れてくるんだった。前は違う男がやはり住み込んでいたみたいだから、まさかそんなこととは思わなかったぜ」

「だから違うといっているだろうが。勝手な推測で関係のない雇い人まで巻き込むな」

遥の腰はもう二十センチほど浮き上がっている。手首にかかる体重がどんどん増していく。

「どうかな。あいつ、あんたのことをそりゃあ心配していたぜ。俺がこの指を見せて、社長の指もこうしてやるって言ったら、今にも自分が替わりになるような悲壮な顔をしていた」

「それ以上言うな」

だが遥には男の口を塞ぐ方法さえない。

「いいねぇ、色男で大金持ちの社長さんは。女も男もやり放題ってわけだ」

「いいか、あいつには、絶対に手を出すな！」

とうとう遥は虚勢を張り切れず、そう叫んでいた。

足の爪先が床に触れるか触れないかという微妙な高さに吊られている。ゆらゆらと揺れる体は、少しの打撃にも踏ん張れそうになく、まるでサンドバッグになったようだ。

「そうだな、じゃああんたの全財産と指何本かと引き替えに、あの綺麗なお兄ちゃんは勘弁してやるよ」

境は親切めかしてそう言うと、二人の男を促し、遥だけ残して出ていった。

唯一の明かり取りだった引き戸が閉まり、部屋が薄暗くなる。時間はわからないが、夜まではかなり長いだろう。

遥は深い溜息をつき、なるべく体を動かさないようにする。

境が言葉どおりに佳人に手を出さないか、それだけが気がかりだ。おそらく今からすぐに拉致しに行くとは思えないが、島を出てからは信用できない。遥のために船を一艘向かわせるというのも体《てい》のいい嘘かもしれないのだ。そうなると連絡手段のないこの島では、次に誰かが上陸したときに助けてもらうしかなくなる。その隙に佳人を攫《さら》われたらと思うと、どうしようもなく苛立った。

頼むから無事でいてくれ、と祈るような気持ちになる。

佳人の無事と引き替えならば、なにを失ってもいいと、遥は本気で思っていた。

佳人と貴史《たかふみ》が、真浦《まうら》半島の海沿いにある漁港に着いたのは昼過ぎだった。もう一度三峯《みつみね》に連絡して詳しく聞き出したので、遥たちがここから船に乗って翠《みどり》が島《しま》に渡ったのは間違いない。

船着き場周辺には、渡し船出します、と看板を掲げた家がいくつもあった。目についた中で一番大きくてはっきりとした看板のところを訪ねてみると、撮影隊を渡した船は噂になっていたそうで、すぐにどこかわかった。島に渡るのは、主に釣りか夏場のキャンプが目的の客だという。今はちょうどシーズンオフで出航の回数も少なく、撮影隊などはかなり怪しげで物珍しかったのだろう。

その足ですぐに、その船の船長のところに話を聞きに行くことにした。漁に出るのはもっぱら息子たちで、船長は島に船を渡さないときは自宅で網の手入れなどをしているらしい。今日は船を出していないはずだと教えてもらっていた。貴史の行動は的確で迅速だった。

軽乗用車でも上がらないような急勾配の坂を大股で歩いて上り、船長をしている老人の家に辿《たど》り着く。

船長はむっつりとした無愛想な男で、佳人がする質問に対する答えも、どうも今ひとつ歯切れが悪かった。

「撮影隊かなんか知らんが、なんかちゃらちゃらした都会風の男や女を十人ほど乗せたよ」

「帰りもあなたが迎えに行ったんですか?」

「ああ。ひと組だけはな」

「撮影隊の他にも別のグループの人が何人かいたんですよね？」

「そんなのはようわからんね。儂《わし》は船の舵《かじ》を握っていただけだから」

「でも、さっきひと組だけはって、おっしゃったでしょう？」

佳人はつい焦《じ》れてしまい、老人に詰め寄った。

「十人の内訳はともかく、あなたが迎えに行ったのは午後六時過ぎなんですよね。そのとき人数は数えたんですか。取り残しがあれば大変でしょう？」

「数えちゃいないが、代表みたいなサングラスかけた男が、これで全員だと言っていたから儂は出航したんだ。なんか文句でもあるのかい、あんた」

「文句なんてことじゃなく……」

「佳人さん」

老人がムッとした口調になったのでまずいと思ったのか、貴史が佳人の肩を軽く摑み、窘《たしな》めるとも宥《なだ》めるともいった感じで、言葉を遮る。

「すみません」

佳人も気を取り直し、老人と貴史の両方に謝る。

貴史が佳人と交替して老人に質問した。

「お手数ですが、もうひと組を迎えに行った船主さんを教えていただけませんか」

「あんたら、いったいなにが目的なんだい」

老人が迷惑そうに、まともに顔を顰《しか》める。

「私たちの友人が、一人行方不明なんです。たぶんまだ翠が島にいるのではないかと思って、誰か何か知らないかと聞いて回っています」

「儂ゃ知らないよ。きっとここいらの船主は全員知るもんか。島には誰もいないさ」

老人の態度はどこか奇妙で、ぎくしゃくとしていた。

これは何か隠している、と佳人は感じた。

もっと老人からいろいろ聞きたかったが、貴史はとにかくもう一人の船主を教えてくれと粘り、それだけ渋々老人に言わせると、あっさり礼を言って引き下がる。

佳人は納得できなかった。

坂を更に上りつつ、貴史の背中に訴えかける。

「あの老人は絶対に何かもっと知っています。どうしてもう少し聞き出してみようとしないんですか」

「だめです。たぶん、金を握らされて口止めされているみたいです。視線をきょろきょろさせて落ち着かない様子だったでしょう？　土間の柱の陰で奥さんがずっとこっちを窺っていたのにも気づきませんでしたか。これはちょっと厄介かもしれません」

「厄介？」

佳人が不安そうに聞き返すと、貴史は大きく頭を振り、

「いや、でも大丈夫です。きっとなんとかなります」

と、佳人と自分自身を元気づけるように言い直した。

次に訪ねた家では、船長の妻が応対した。

「今日は朝から漁に出掛けたんです」

まだ二十代後半くらいの女で、くたびれたような精彩のない顔をしていた。奥の部屋からは子供が騒ぐ声と、赤ん坊の泣き声がする。いかにも迷惑そうで、早く帰ってほしそうな素振りを隠さない。

「あたしにわかることなんて、きっとあんまりありませんよ」

「ご主人は午後四時に四人を迎えに行くようになっていたんですよね。ちゃんと四人乗せて帰られたのか、それだけでいいんです」

「乗ったんじゃないんですか。あたしなにも聞いていません」

妻は必要以上に突《つ》っ慳貪《けんどん》な早口になり、佳人にまた疑惑を抱かせる。

なるほど、厄介の意味がわかった。

この辺一帯の船主は、全員金をばらまかれて口止めされている可能性が高くなってきた。

もっといろいろ聞きたかったが、確かに妻しかいないのでは話にならない。おまけに赤ん坊の泣き声が激しくなり、二人は帰らないわけにはいかなくなった。

「どうしますか。このぶんではどこを訪ねてみても全部こんな感じなんでしょうか」

「最近この辺りはめっきり水揚げが減ってきているから、漁師さんたちの暮らしは大変なんです。犯罪に荷担するわけではない、と思わせられる範囲でなら、金を積んで、ちょっと見知っていることを誰にも言わないと約束させるのは、それほど難しいことじゃありませんからね」

「そうですよね。ましておれたちは警察官でもなんでもないただの民間人です。べつに教える義理もない」

「良心の痛みさえ多少我慢できれば、ですね」

「きっと、あの人たちは、島でなにが起きようとしているのかまでは知らないんでしょうね」

「もちろんそうでしょう」

佳人も貴史も、遥がまだ島にいるという前提で話している。それについてはもう疑う余地はないようだった。

「貴史さん、今から島に渡りましょう」

佳人が断固として言うと、貴史も深く頷く。

「船を渡してくれる人を探しましょう。二手に分かれて、片っ端から頼むんです。その際、もし危険を感じたら絶対に無理はしないでください。まだこちら側に敵の仲間がいるかもしれません。佳人さんまで捕まったら、僕は東原さんに合わせる顔がない。遥さんにも恨まれます」

「おれは大丈夫です。貴史さんこそ気をつけてください」

急な坂を転がるような足取りで駆け下りつつ、佳人は強い口調でそう答えた。

坂を上り下りしたおかげで佳人は少し息を切らしている。ここに来る前にしっかり食事をしておいてよかったと、あらためて思う。ここで体力が尽きてしまえば遥を救えない。今さらだが、昨夜眠れなかったことを後悔した。

貴史も額に薄く汗を滲《にじ》ませていたが、疲れた顔はしていない。電車内での弱々しそうだった様子が嘘のようだ。

佳人は坂の途中で見かけた看板を辿ってすべての家を訪ねることになり、貴史はそのまま海沿いの道まで下りて、港付近を回ることになった。

「船を出してくれそうなところがあったら、すぐに携帯に連絡してください」

「はい」

携帯の番号はすでに交換してある。佳人は秘書になってからなにかと必要に迫られ、携帯を持たされるようになったのが、幸いだった。これで余計な時間のロスが省ける。

とりあえず待ち合わせ場所を船着き場近くの民宿に決め、別れた。

一人になると、またじわじわと不安と焦りが込み上げてきたが、佳人はそれを振り払い、最初の船主の家に入っていった。

門扉《もんぴ》がなくて、古くなったコンクリートでできた低い壁の間から敷地内に進むと、広い庭先に皺《しわ》だらけの老人の姿がある。老人は小さな体を丸めてガレージの手前に蹲《うずくま》り、黙々と出刃包丁を研いでいた。

佳人が船のことで、と声をかけると、ぎょろりとした目でじろじろ全身を見定められた挙げ句、プイと顎《あご》をしゃくるようにして玄関を示される。

中の者と話せ、ということらしい。

佳人は礼を言ってから、開きっぱなしにされた玄関から中を覗き込み、すみません、と奥に向かって声をかけた。

すぐにバタバタと誰かが出てくる足音がする。

この一軒目でなんとかなればいい。お金ですむものなら、どんなにふっかけられても、どうにかする。佳人はそのつもりで、出てきた中年の婦人と向き合った。


四軒目でも、五軒目でもいい返事はもらえなかった。

佳人は追い返されるようにして門の外に出た。いっそう強くなった絶望感で、その場に座り込みそうになる。

なぜろくに話を聞いてもくれずに、迷惑だと露骨《ろこつ》に顔を顰められてしまうのか。他人事だと言わんばかりの無情さに徹せられるのか。佳人は悔しさと憤りとで、胸が潰れそうだ。

どこでも判で押したようにして、今日はだめだ、と言う。

漁に出ていて不在、と断られればそれはもう諦めるほかないのだが、そうでない場合も、理由は様々だったが、結局、明日なら、とか明後日なら、としか言ってくれない。朝一で出してあげようと愛想笑いを浮かべた船長もいたが、それでは遅いのだ。

明日の朝まで遥がなにもされずにいるなど、とても信じられない。

絶対に今夜救い出さないと、取り返しのつかないことになる。

佳人は今朝の男に見せられた短い小指を思い出し、遥の長くて綺麗な指を脳裏に浮かべるだけで、全身に悪寒が走る。そしてたちまち喉を掻きむしって叫び出したいような不安な気分に襲われるのだ。

貴史と別行動になって、すでに一時間経つ。

携帯電話は沈黙したままだ。

貴史のほうも、まだだめなのだろう。

それほど大きくもない漁村でこれだけ断られてしまうと、佳人にはもうほとんど為す術もないように思われた。

なんとか気持ちを奮《ふる》い立たせて道なりに歩き続けるが、見通しの利く範囲内には、もう船を出してくれそうな家は見あたらない。地元の人らしい通行人と行き合ったので聞いてみたが、やはりこの先には船を持っている家はないと言う。

港の近くにはありますよ、と親切に教えられ、佳人は黙ったまま頭を下げるのが精一杯だった。どんどん足が重くなる。

うまくいかないことが疲労感に拍車をかけるのだ。

時間だけがどんどん過ぎていく気がした。

それでも足だけは止めずに歩き続けて海沿いを走る道路に出たとき、待ち合わせ場所に向かっているらしい貴史の姿が目に入る。

佳人は貴史に向かって走りだした。

貴史も佳人に気づいたようで、立ち止まった。

「どうでしたか」

「僕のほうはだめでした……。佳人さんは？」

佳人は首を横に振る。

二人の唇から精神的な疲労感に満ちた溜息が、ほとんど同時に洩れた。

「とりあえず、もう一押し頼めばどうにか折れてくれそうなところを、今度は二人で当たりましょうか」

貴史に提案され、佳人はどこがそれに最も当てはまるのか思い巡らしたが、どれもこれも梃子《てこ》でも動かないような取りつく島もない態度だったことしか浮かばない。

「今船を港に繋いでいるところ全部、もう一度端から回りませんか」

佳人が思い切ってそう言うと、貴史も同じ気持ちだったらしく、迷わずに賛成した。

できる限りのことをするしかない。

佳人は強く唇を噛み、自分に言い聞かせる。

足が棒のようになっていたが、二人とも休もうとは考えもしていなかった。

貴史が当たった港付近の家のほうが、よりいっそう徹底して非協力的だったようなので、佳人が回った家から再訪して歩くことにした。

勾配の急な坂を上る足がガクガクするのは、疲れのせいだけではない。

佳人は不吉なことを考えるのをいっさいやめようと努めているのだが、後から後から不安が湧いてきて、暗鬱《あんうつ》な気持ちにばかり支配される。

「佳人さん、転ばないように」

覚束ない足取りを見かねたのか、貴史が佳人の腕を取り、支えるようにしてくれた。

「すみません。大丈夫です……あっ」

言い終えるか終えないかのタイミングで本当に躓《つまず》いて転びそうになった。

貴史が佳人の強気を優しく窘める。

「ほら、言わないことじゃない。あなたは結構意地張りですよね」

「そ、そうですか?」

佳人はバツが悪くて、頬を熱く火照《ほて》らせる。きっと赤くなっているはずだ。

「僕もわりとそうですから、気持ちはわかりますけどね。でも、たまには年上に甘えてもいいんじゃないですか」

「貴史さんはおいくつですか？」

「僕は今年二十九、来年はもう三十です」

佳人よりも貴史のほうが二歳年上になる。

それを聞いて、佳人は少しだけ肩の力を抜いた。

べつに歳に拘《こだわ》るわけではないが、はっきり上だと聞かされると、もっと素直に弱みを晒してもかまわない気分になる。たぶんそれは貴史の人柄のせいだと思うが、ずいぶん佳人の気が楽になったのは確かだ。

「甘えるのは苦手ですか？」

「たぶん」

「僕もです。甘えるのも甘えられるのもあまり得意じゃないつもりでしたが、あなたを見ているとすごく甘えてもらいたくなるんですよね。なぜかな」

「おれが頼りなく思えるからじゃないですか」

「というか、なんだか放っておけない気になるんですよ。放っておくと己の身を省《かえり》みずに無茶をするような、そういう危うそうなところがある」

外れていたらすみません、と貴史は言い添えたが、佳人自身大きく外れている気はしなかった。

坂が少し緩やかになったところで、貴史は佳人の腕を離してくれた。

前方から人が下りてくる。

さっきこのすぐ上の民家で出刃包丁を研いでいた老人だ。この老人の息子が船に乗るようだが、具合が悪いから今日はだめだとけんもほろろに断られた。それでもどうしても他がだめなときは、もう一度頼みに行くつもりだったので、佳人は真っ直ぐこちらに歩いてくる老人を見て、挨拶《あいさつ》だけでもしておこうと思った。

「さっきはどうもありがとうございました」

佳人の言葉に、老人はやはりニコリともしなかったが、今度は向こうからも話しかけられ、佳人は驚いた。

「あんたら、翠が島にどうしても行きたいんかい？」

ぶっきらぼうではあったが、声にはどこか真摯《しんし》で温かさを感じさせるものが混じっている。飛び出しそうにぎょろぎょろした目も、よく見ればそれほど怖くはない。

「どうしても行きたいんです。行かないといけないんです」

必死の面持ちで佳人が答えると、老人は、ちょっと来なさい、と言って踵《きびす》を返し、二人の先に立って、来た道を戻っていく。

連れていかれた先は、さっきの家だったが、母屋《おもや》ではなく、脇に立っている小さな離れに佳人たちを入れてくれた。

六畳間に予備の四畳半と小さなキッチンがついた離れは、老人一人の住処《すみか》らしい。

老人はポットの湯を急須に取って緑茶を淹《い》れながら、

「いくらこの辺を回って頼んでも、今日船を出してくれるやつはおらんじゃろ」

と言う。

「なにかあったんですか」

大方の予測はついていたが、貴史が聞く。

「今日の午前中島に向かった二人組が、この辺一帯の船主に、なんぼか知らんが、金の入った封筒を配って回っていた。うちの嫁ももらっとる。今日一日誰も島に渡さんでくれたらいい、という話だったそうじゃが、皆、そのくらいならと気軽に引き受けたらしい。儂ももう家業は息子に譲り渡して引退している身じゃから口出しするまいとしとったが、さっきあんたが真っ青な顔でうちに来たのを見て、ああこりゃなんか変なことが島で起きとるな、と思ったんじゃ」

「知り合いが、島で何人かの男たちに捕まえられているんです」

「金を配っていたのは見るからに胡散《うさん》臭い連中でな、この辺のもんは皆関わり合いになるのを恐れているんじゃ」

「誰か、船を出してくれそうな人を、一人くらいご存じありませんか?」

佳人は柳《やなぎ》のように痩せた手足の小さな老人に、もう少しで取り縋りたい気持ちだった。この老人がうんと言ってくれなければ、もうどうにもならないのではないかというほど思い詰めてしまい、気持ちが昂《たかぶ》る。

老人はまたしばらく黙り込んで熱い茶を啜るだけだった。

「お願いします、お爺さん。ご存じでしたら、教えていただけませんか」

「決してご迷惑はおかけしません。約束します」

二人が何度も頭を下げて真剣な気持ちを伝えていると、やがて老人は皺くちゃの手に持っていた湯飲みを卓袱台《しっぽくだい》に戻し、ぽつりと呟くように言う。

「今夜久しぶりに釣りに出ようと思っとる」

佳人も貴史も、下げたままだった頭を振りかざし、食い入るように老人を見た。

老人は飄々《ひょうひょう》としたまま続ける。

「船は茶飲み友達が貸してくれるが、儂は一人で行くことになっとる。港に係留してある『かえで丸』という小さな船じゃ。……二人くらい毛布を被《かぶ》って座席の下に潜れば、もし誰かに見咎められても、偏屈じじいがまた夜釣りか、と思われるだけじゃろ」

「本当に、いいんですか」

佳人は嬉しさと、あまりの幸運を疑う気持ちの両方に翻弄されつつ、熱の籠もった声で確かめていた。

「日が暮れてからじゃな。五時くらいか」

「結構です」

「行きは翠が島に寄ってやれるが、帰りまでは約束できん。……儂も村の連中に反感を持たれたくないんでな」

佳人は少し返事に詰まったのだが、貴史が、はい、とはっきり答える。

「行きだけでも十分です。それ以上のご無理はこちらもお願いできません」

貴史の言葉で、老人も最後の躊躇いを振り切ってくれたようだった。

わかった、というように首を縦に振る。

「ありがとうございます」

「本当に助かります」

佳人も貴史も、さっきよりもっと深く頭を下げた。

最初の関門をようやく乗り越えられた安堵《あんど》に、佳人は目尻が湿ってくるのをとめられなかった。頭を下げたまま顔を上げられなくなる。

腑甲斐《ふがい》ない佳人のぶんを補うように、貴史がもう一度老人に丁寧な感謝の言葉を告げていた。

それから、いきなり佳人の肩を揺すり、腕を引かれる。

「さぁ、佳人さん。ぐずぐずしている場合じゃない。僕たちも準備しないと」

佳人は貴史に急かされ、慌てて立ち上がった。

老人の住む離れを出てから、海沿いの幹線道路まで全力疾走すると、貴史はあっという間にタクシーを捕まえた。

「駅前の商店街までやってください」

どうやら買い物をするらしい。

佳人は貴史の行動力と判断力に感心した。佳人一人ではとてもこんなふうにはできなかった。つくづく、東原が連れていけと言っただけのことはある。

「貴史さんがいてくださって、おれはとても幸運でした」

「まだ安心するのは早いですよ。むしろこれからが正念場です。覚悟してください」

「はい」

「遥さんの強さを信じて、万事冷静に行動してください。遥さんは強靭《きょうじん》で不屈の精神力を持った人だから、多少のことにはへこたれませんよ。そうじゃないですか？」

「きっとそうだと思います」

だから佳人は遥に惹かれたのだ。

遥の顔に似合わぬ剛毅《ごうき》さ、ふてぶてしいまでの自信に満ちた言動が好きだ。そしてなにより、冷淡で無表情な仮面の下に隠されている、温かさと優しさ、孤独と淋しさに、否応もなく惹かれてしまう。

「佳人さんもですよ」

「え？」

「あなたも強い人だ。だから僕はよけいな心配をしなくてすみます」

佳人は困惑した。

まさかそんなふうに評してもらえるとは思わなかった。

「おれは強くないですよ」

現に、さっきもう少しで泣きそうだったのを、貴史も勘づいたはずだ。貴史にお世辞でもそんなふうに言われると、買い被られている気がして恥ずかしくなる。

佳人は自分をそれほど強い人間だとは思えなかった。強情で意地張りなのは認めるが、それと強いとは別だと思う。

今回のような事が起きると、とても冷静に行動できないし、平静を装ってもいられない。きっと貴史がいなければ、動転してもっとみっともなく取り乱してばかりいただろう。

「片意地張るのが得意だから、強いみたいに思われるのかもしれないです」

佳人は自覚しているとおりに言って訂正した。

強いというのは、遥や東原や、そして貴史にこそ当てはまる。

だが貴史は静かに首を振り、フロントガラスの方を向いたまま、

「強いですよ」

と、再度繰り返す。

「強くて綺麗で情が深いです。だからきっと誰もがあなたを好きになるんでしょう」

貴史の端整な横顔は引き締まったままで、冗談やお世辞を言っているような雰囲気はまったく

窺えない。

佳人は今度こそ素直に、ありがとうございます、と低い声で言い、熱を持っている頬を手の甲で軽く押さえた。

五時までは、あと二時間あまりしかなかった。

長時間吊られているのは想像以上の苦行だ。

遥はもうほとんど感覚のなくなっている手首が、そのうち腐り落ちてしまうのではないかと思い始めていた。引き伸ばされた腕も辛い。

連中はまだ戻ってこない。

小屋の中はずいぶん前から真っ暗だ。

はっきりとした時間はわからないが、感覚からして、そろそろ八時になるのではないかという気がする。

会社のことがあれこれと頭に浮かんできたが、そんな心配をしても、ここから解放された暁《あかつき》にはすべての権利は遥の手を離れているはずだから、あまり意味はないのかもしれない。せっかくここまで血の滲むような思いをして育て上げてきた会社だが、惜しんだところで仕方がなかった。できれば従業員には迷惑がかからないよう、新しい経営者の手腕に期待したいと願うばかりだ。

しかし、境や元暴力団組員だというあのチンピラどもに委ねるのだから、それも虚《むな》しい。

自宅や会社は手放しても、運さえ味方すれば、そのうちまた手に入れられるかもしれない。

しかし佳人を傷つけられたら、遥は一生後悔する。

どう考えてみても引き替えにはできなかった。

身動《みじろ》ぎすると不安定に体が揺れ、チェーンが微《かす》かに軋む。

爪先が床に触れそうで触れないという中途半端さは、なまじ高く吊られるよりも精神的なダメージが強かった。悪足掻《わるあが》きせずにはいられなくなる。もちろん遥は過去こんな目に遭った経験などなかったので、自分がどれだけ保つのか見当もつかない。

こんな恰好でずっと放置しておかれれば、終《しま》いには気が変になるに違いないと思った。

誰が今夜のシナリオを書いたのか知らないが、どうせ逃げられないのなら、さっさとどうにでもして解放してくれ、という気分になる。いつまでも酒盛りなどして焦らされてはたまらない。

しかし、遅かれ早かれ朝は来る。

永遠にこのまま吊られている心配だけはないはずだ。

母屋からの物音は聞こえてこないから、遥には連中がどうしているのか窺い知れない。

酒盛りとは言っても陽気に羽目を外しているふうではなく、単に時間潰しで手持ちぶさたを慰めるためにチビチビと飲んでいる程度なのだろう。

周囲が静まり返っているので、些細な物音も耳に届く。

微かな音がした。

砂利を踏む音だ。

誰かがここに近づいてきている。

遥は神経を尖らせ、その忍ぶような足音に耳を澄ませた。

誰が来るのだろうか、と訝《いぶか》しく思う。

連中がいよいよ作業に取りかかるためにやって来たのではないことは確かだ。もしそうならこんなふうに足音を忍ばせるわけはない。むしろわざとらしく踵《かかと》を踏みならして威圧感たっぷりに登場してみせるだろう。

またあの坊主頭のような気がした。

遥が坊主頭をあまりにもすげなく拒絶したものだから、兄貴分たちより先にこっそりと遥を痛めつけたいのかもしれない。あの青紫に腫れた顔を見ると相当にひどく殴られたようだ。それもまた遥が恨まれる筋合いはなく、坊主頭の自業自得のはずだが、こんな場合理屈は通用しないのが世の常だ。為す術もなく不恰好に吊られた遥を見て、少しでも溜飲《りゅういん》を下げたいのだろう。

引き戸が小さく音をたてた。

暗くて見えない分、耳に意識が集中する。

立て付けの悪い戸に躊躇《ちゅうちょ》したような間があったが、また慎重にずらして隙間を広げる音がする。

戸が開くにつれ、暗い外の景色が覗けてくる。

小屋の中の闇よりは、月と星の光がともる外のほうが明るい。

隙間から人の頭が見えて、中の様子を窺っているのがわかった。

「誰だ」

遥は思い切って潜《ひそ》めた声で誰何《すいか》した。

これはもう坊主頭などではない。

「遥さん！」

佳人の声だ。

遥は一瞬信じられなくて耳を疑った。

しかし、押し殺してはいるが、間違いない。

人が入ってこられるだけの隙間を開くと、人影が滑り込んでくる。佳人と思われるシルエットに続き、もう一つ細い影が入ってきた。

小屋の中の暗闇に慣れるまで、佳人は覚束ない足取りで少しずつ手探りするようにして進んでくる。

「どこですか」

「こっちだ」

佳人が声の方向に手を伸ばしつつ進んできて、やがて遥の体に触れた。

体中に電気が通ったような衝撃が走る。

その瞬間、遥は自分が拘束されているのを最高にもどかしいと思った。今すぐに抱きしめたいのに、自分からは触れることもできない。

胸の中ではありとあらゆる気持ちがぐちゃぐちゃになっていた。

「なぜ来たんだ！　ばかやろう」

「ばかはあなたです！」

本当は山ほど言いたいことが渦巻いているのに、それしか言えなかった。

佳人も同じ心境だったらしく、感極まったように震える声でそれだけ返すと、信じられないほど強く遥の胴を抱きしめてきた。

「佳人さん」

背後から若い男が佳人の肩を優しく摑む。

佳人ははっと我に返り、腕を解いて遥から離れ、彼を振り返る。

「急ぎましょう」

「はい」

遥は彼の声に聞き覚えがあったが、すぐには誰だか思い出せなかった。どこの社員でもないのは確かだ。

彼がペンライトをつけた。

光の届く範囲がいっきに明るくなる。

「明かり、大丈夫ですか」

佳人の不安そうな声に、彼は、大丈夫です、と言い切った。

「連中はまだ向こうです。母屋からこの小屋は覗けない。外に出てきたら物音でわかります」

「これ、どうなっているんですか」

「どっちかの鎖を引いてみてください」

ジャリ、とチェーンが少し巻き取られる音がして、遥の手首に衝撃が走る。遥は寸前で呻《うめ》き声を嚙み殺した。

佳人の動かしたチェーンのおかげで、遥は爪先が床に届くようになった。

「そっちですね。そのままゆっくりと引き続けてもらえますか。慌てずにゆっくりです」

彼は落ち着き払っている。まるで東原のようだ。

そこまで考えて、遥はやっと彼のことを思い出した。

「執行《しぎょう》……なのか?」

「はい」

貴史は、徐々に下げられ続けていた遥の足下を照らしていたペンライトを上げ、遥にちらりと顔を見せる。

久しぶりに見たが、間違いなかった。東原と一緒のときに何度か会ったことがある。

「すまん」

貴史が佳人とここに来てくれたということは、東原も一枚嚙んでいることになる。遥は自分の迂闊《うかつ》さがいろいろな人物に迷惑をかけたことをひどく申し訳ないと感じた。

遥が床に膝を突くと、貴史は佳人に合図してチェーンを止めさせ、手際よく手首を外した。

佳人がふらりと傾いだ遥の上半身を支え、床に座らせてくれる。

遥も佳人も、自分たちが恐ろしく情動を堪《こら》えていることに気づいていた。貴史がいなければ、今この場で獣のように抱き合っていたかもしれない。

「僕たちはなんとか間に合ったようですね」

貴史は遥の足下に身を屈め、ポケットから折り畳み式のナイフを取り出してパチンと刃を開く。

佳人もナイフを用意していて、二人がかりで手足を縛《いまし》める頑丈なロープを切り始めた。

ロープはなかなかすぐには切れず、遥は慣れぬ手つきで一生懸命にナイフを使う佳人を見ると、手伝えないのを焦れったく感じた。

佳人に向けて差し出しているだけでも、疲れて怠くなった両腕は辛い。あらかじめ巻かれた手拭いのおかげで手首はどうにか無事だったが、酷い擦過傷がついているのは見なくてもわかる。

「おまえ、大丈夫だったか。境という男がおまえを脅したと言っていた」

「おれのことより自分のことを心配してください」

どうやら佳人は怒っているらしい。

一心にロープを切りながら、俯《うつむ》けたままの顔を上げようともしないが、明らかに声が怒っている。明るい場所で遥を見たら、きっとさらに怒るだろう。遥は佳人が泣いているような気がして、細い肩や指が震えていないか確かめたくてしょうがなかった。

「心配させて、悪かった」

遥が素直に謝ると、一瞬佳人は手を止めたが、すぐにまた作業を続ける。

目の前でさらさらした髪が僅かに揺れるのを見つめているのに、遥はまだ少し、これが現実なのか信じられない気がしてきた。

まさか佳人がここまで探しに来てくれるとは思わなかった。

というよりも、遥の気持ちとして佳人を危険から極力遠ざけておきたかったから、あえて考えないようにしていたというほうが正確だ。

佳人が家でおとなしく待っているような性格の男ではないことは、重々承知していたはずだ。放っておくとどんな無茶でもやりかねない一途《いちず》さに、遥は惚れたのだ。

複雑な結び目を作って何重にもきつく巻きつけられたロープは、一ヶ所だけ切ってもバラリとは解けない。

次第に佳人が焦ってくるのを感じて、遥は僅かに動かせる指で、佳人の細い腕に触れた。

「焦るな」

「でも、もうすぐ誰か来るかもしれない」

「来たらおまえは執行と逃げろ」

「逃げません！」

佳人は低いながらも断固とした強情ぶりで突っぱねると、ナイフを持つ手を必死に動かし続ける。

遥の手に熱い雫《しずく》が落ちてきた。

「……すまん」

佳人は激しく頭《かぶり》を振り、遥の片腕を支えていた左手を、ぎゅっと握りしめてくる。

足のほうのロープが解けた。

貴史が額の汗を拭って立ち上がり、床に転がしておいたペンライトで佳人の手元を覗き込む。

ちょうどそれが最後の一本だった。

ブッツとロープが切れる。

遥は自由になった手首から手拭いを外し、手足の関節を振ったり曲げたりして動かした。強ばりきった脹《ふく》ら脛《はぎ》も軽く揉む。

「よかった……」

佳人は安堵のあまり虚脱したらしく、深々と溜息を吐く。

そのとき母屋の玄関がガラリと開く音がした。

三人とも弾かれたようにしていっせいに立ち上がる。

遥が少しよろめくと、両脇から二人で支えてくれたが、遥はそんな二人を先に戸口に向けて押しやり、自分が最後に小屋を出た。

こっちに、というように貴史が小屋の裏手に回る。

男たちがわざとのように荒々しい足音を立てさせながらこちらに向かってくる姿が、植え込みの陰から見えた。

遥たちは小屋の裏手のさらに奥に続く真っ暗な植え込みの中に身を潜め、息を殺した。

開けっぱなしになった扉を見れば、たちまち騒ぎになるだろう。

こんな場所にいてはすぐに見つかるかもしれないが、今移動するのはあまりにも無謀だ。

遥は肩が重なるほど間近にいる佳人が、極度の緊張に震えているのに気づくと、しっかりと手を握りしめた。

佳人からも握り返してくる。

手のひらは汗ばんで、まだ少し指が震えている。

いくら佳人でもこんな恐ろしい場面には遭遇したことがないはずで、いつものように気丈に振る舞うには神経をすり減らしすぎているのだろう。

「おいっ、扉が開いてるじゃねぇか！」

境の頓狂《とんきょう》な声がする。

「閉めたはずだよなっ」

バタバタと駆け寄る足音がする。

僅かに人一人が通れるほどしか開けていなかった引き戸を、蹴破るような勢いで大きく開け放つ音がした。

「いないぞ！　野郎、逃げやがった！」

すぐに中から大男の怒鳴り声がする。

「ちくしょう！　だからさっさと昼間のうちから料理すりゃよかったんだよ！」

「うるせぇ。おまえが逃がしてやったんじゃねぇだろうな！」

「ち、違う、オレじゃないッスよ、兄貴」

「てめぇあいつに色気を出して、物欲しそうな目で見てやがったじゃねぇか」

「オレじゃないですって！」

大男と坊主頭が言い合っている向こうでは、一番冷静で無口なようだった小男の声がする。

「ネズミが入り込んでやがるな。ナイフの切り口だ」

「なんだと？」

仲間割れしている場合ではなくなったのか、大男が鋭く反応する。

「向こうにいるやつと無線交信したが、渡し船は約束どおりどの家からも出ていないと報告してきたぞ。ここからも船着き場に目を光らしてたが、船なんか入ってこなかったはずだ。まさか泳いできたってぇのか？」

「おまえら、なんとかしろ！」

境がキンキンした甲高い声で喚いた。

「このままじゃ残りの金は払わないぞ！　今夜中にとっ捕まえないと、明日の十時には迎えの船が来るんだ。釣り客が島に入ってくるかもしれないだろうが！」

「おい、この辺の空き家を一軒一軒くまなく調べるぞ」

大男が言った。

「徹底的に探すぜ。助けに来たやつも一緒に連れてきてやろうじゃないか。見せしめにそいつを先に責めてやる」

「もしそいつが朝方見た綺麗な男なら、さぞかし嬲り甲斐があるだろうな」

境が舌なめずりせんばかりの表情をしているのが、遥には目に浮かぶようだ。

させるか、と固く決意する。

「よし、もしそうできたら金は追加で払うからな。頼むぜ」

境の言葉を聞くや、バラバラと男たちが小屋を出て表に走りだしていく。

「手分けするか？」

「いや、相手は少なくとも二人だ。見つけてもこっちが手薄だと、また逃がす」

「そうだな。仕方ねえ、一緒に行動するぞ！」

連中の遣《や》り取りを聞いている間もずっと遥は佳人の手を摑んでいた。佳人は次第に震えを治めていき、辺りがまた静かになったときにはかなりいつもの冷静さを取り戻していた。

全員出払ったのかと思ったが、砂利を踏みしめて庭を行ったり来たりしている足音が、一つだけ残っている。

たぶん境だ。

ずっと外で待つつもりなのか、いっこうに母屋に戻る気配はない。

まずいな、と遥は舌打ちしたくなる。

このままではいつまでも植え込みの陰から出られない。

背後はぼうぼうに荒れ果てた草むらで、伸び放題に枝を広げた庭木の向こうに崩れかけたコンクリートの塀が見えている。塀を乗り越えても行き止まりかもしれず、道に繋がっているかどうかわからない。

「執行」

遥は貴史を小声で呼んだ。

はい、と貴史が顔を寄せてくる。

「あの男は俺がなんとかするから、その隙にこいつを連れて逃げろ」

「遥さん」

間に挟まれた佳人が抗議の声を出すが、遥は無視した。

「どこか隠れ場所の目処《めど》は？」

「ここから北西の方角に、夏場にキャンプ場所として使われる山があるんです。昔のキャンプ場跡なんですが、さらに十分ほど奥に入り込んだところに適当な場所が見つかりそうなので、そこで今夜一晩野宿するつもりでいました」

「キャンプ場の奥だな」

たまたま船着き場で昔の観光案内板を見ていた遥は、貴史の説明でだいたいの位置関係を把握することができた。

貴史の確信的な口調から、きちんと地元の人間に確かめてその場所を決めたのだろうと遥は推測した。ちらりと見えただけだが、さっきロープを切ってくれたのは真新しい登山ナイフだった。買いに行ったついでに店員と世間話でもして聞き出したのだろう。探偵術の心得がある貴史ならその程度のことは朝飯前なのだ。

「連中に見つからないように先に行け」

「でも、遥さん」

遥は佳人の口をキスで塞いで黙らせた。

佳人は唖然《あぜん》として遥を見つめる。

「あとで俺も必ず行く。執行、すまんがこいつを無事にそこまで一緒に連れていってくれ」

「任せてください」

遥は佳人の後頭部に手のひらをあてて引き寄せ、もう一度軽く唇を合わせた。

「……いいな？」

「必ず、来ると約束してください」

「約束する」

佳人は躊躇いを捨てるようにしてやっと頷くと、持っていた登山ナイフを遥の手のひらに置く。

「おれは貴史さんと一緒だから、これはあなたに」

よし、と遥は頷いた。

「執行、俺が先に庭に出て境の注意を引く。俺と境が揉み合っている隙に行け」

「わかりました。遥さん、どうかくれぐれも気をつけて」

遥は植え込みの陰を出た。

小屋の板壁にぴたりと寄り添って、顔だけ出して庭を覗く。小屋と母屋の間を、境が苛々した歩調で行ったり来たりしているのが見える。

遥は境がこちらに背を向けて母屋の方に歩いているときに庭に飛び出し、境を仰天《ぎょうてん》させた。

「おっ、おまえ！」

振り向いた境が遥に摑みかかってくる。

「ちくしょうめ、どこに隠れていやがった！」

「よく調べないきさまらが間抜けなんだ。素人《しろうと》どもめ」

遥は昨夜からずっと縛《いまし》められて暴行を受け、全身に相当な痛手を受けている。体力もかなり消《しょう》耗《もう》していた。いくら境のほうが多少小柄でも、あっさり打ちのめして片づけられるとは最初から思っていない。しかし、佳人が万一にと心配して渡してくれたナイフは、境が丸腰でかかってくる以上は使う気がなかった。

体は疲労困憊《こんぱい》し、かなり衰弱していたが、そのぶん気力はいつも以上にあった。

境と揉み合っている間に無事に外に出た佳人たちを、なにがあっても守らなければならない。

二人が走り出していくのを見た境が大声を出しかけたが、遥は顔のど真ん中を拳《こぶし》で殴りつけ、今逃げたぞ、と叫ぶ代わりに呻き声を上げさせた。ここで叫ばれると、仲間が聞きつけて戻ってくる可能性がなきにしもあらずだ。

ここから無事に出られれば、あとは貴史がどうにかするだろう。

遥は安堵した拍子に境にパンチを浴びせかけられそうになったが、腰を低くして避け、逆に境の喉めがけて肘を打ち込んだ。

境が尻餅を突いて地面に倒れ込む。

鼻からだらだらと血を流しながら恐ろしい形相で遥を睨みつけ、たまたま近くに落ちていた鉄パイプが手に触れると、それを拾って素速く立ち上がる。

境は鉄パイプを振りかざし、遥めがけて襲いかかってきた。

「いい加減にしろよ」

遥は右手で振り下ろされる棒を、右に足を踏み込んで左側に避けると同時に、左腕で境の腕をブロックした。そのまま左腕を脇の下に潜らせて境の腕を胸の前で羽交《はが》い締めにして押さえ込む。

「ちくしょう!」

武器を無力化されて腕をきつく締め上げられ、よろりとバランスを崩した境が、悪態を吐く。

「おまえの逆恨みにいつまでも付き合っていられるほど俺は暇じゃないんだ」

最後の仕上げに遥が境の顎に右の手のひらで掌底《しょうてい》打ちを食らわせ、左後ろに反り返ったところで股間に強烈な膝打ちをあてると、境はカエルが潰れたような声を上げて地面に倒れ、股間を押さえて蹲った。

境が動けなくなっているうちに遥は小屋に行き、連中が持ち込んだらしい段ボール箱の中からガムテープを取った。

手足をそれでぐるぐる巻きにし、しばらく静かにさせておくために口も封じた。

これで三人が戻ってくるまで時間が稼げる。

動けないようにした境をその場に放置したまま、遥も佳人たちと合流するために逃げ出した。

この先は、貴史の言った場所に向かう途中で、うっかり遥たちを探し回っている連中とぶつからないよう、慎重に行動しなければいけなかった。

登山ナイフで枝を削って、木くずが小山になるほど積み上げると、貴史はそれを着火材にしてマッチで火をつけ、頃合いを見ながら小枝を足していく。火は徐々に大きくなっていき、やがて暖《だん》をとるのにちょうどいい大きさの焚き火ができた。

「なんでもできるんですね」

傍に座って貴史のすることを見ていた佳人は、ひたすら感心していた。火を起こすには適当に枝を燃やせばいいのかと思っていたが、貴史は効率のよいやり方をきちんと心得ている。

「そうでもないですよ」

「でも、この火、見つかりませんか？　煙を見られたりしたら……？」

「大丈夫です。山の中に入ってきて相当近づいてこないと明かりは洩《も》れないし、焚き火をしているだけでは煙は出ないんですよ。それより、寒いでしょう。もっと火に近づいたらいい」

佳人は素直に貴史の勧めに従う。

天気がよければ昼間の気温は暖かいが、夜の冷え込みはかなりきつい。四方を海に囲まれた小さな島の、それも山の中にいるので、足下からどんどん冷えてくる。佳人が手足を丸くして座っていると、貴史は一枚だけある薄手の毛布を肩から掛けてくれた。

「貴史さんも一緒に」

「僕はいいです」

「でも」

「遠慮はなしです。唇が紫色になっています」

佳人は慌てて唇に指を触れた。

ついさっき遥と交わしたくちづけを思い出す。まだそのときの温もりを覚えている。

早く遥に来てほしかった。

佳人たちは遥が境の注意を逸らしておいてくれたおかげで、無事にここまで逃げてくることができた。途中の公園跡に隠しておいた荷物一式を取り、ひたすら山を上ってきた。

もうそろそろ遥も来ていい頃だと思うのに、いっこうに姿が見えなくて、佳人はまたやきもきとしていた。

本当は別行動を取りたくなかったが、それでは三人とも見つかってしまうかもしれなかった。自分はともかく、貴史だけは絶対に連中の手に渡すわけにはいかない。不安を振り切って遥を一人にしたのだが、こんなにいつまでも現れないと、もしやまた捕まってしまったのではと不穏なことばかり考えてしまい、居ても立ってもいられない。

もう一度戻って、様子を見てきたほうがいいのではないだろうか。

何度貴史にそう切り出そうと思ったかしれない。だが貴史は遥が来ると信じて疑っていないようで、落ち着き払っている。

佳人は眉間に皺《しわ》を寄せ、暗く沈み込んだ顔をして焚き火を見つめ続けた。

「遥さんなら、大丈夫ですよ」

唐突に貴史が言う。

佳人は顔を上げて貴史を見た。

貴史が佳人にバランス栄養食品の箱と缶ジュースを差し出してくる。佳人はそれを受け取り、促されるままに封を切った。

「なんだかとても遅くなっているようで、怖いんです」

「僕がここでなにを言っても気休めにしかならないと思いますが、きっと遥さんはあなたとの約束を守りますから、もう少し待ってみましょう」

「それでも、もし来なかったら、どうしますか」

「そのときは僕がちょっと行って見てきます」

「おれも行きます」

貴史は困ったように薄く笑うと、自分も手にしていたジュースを一口飲んだ。

「じゃあ、一緒に行ってもいいですから、それを全部食べてしまってください。食べないうちは絶対にノーです」

貴史は佳人の体を心配してくれているのだ。痛いほどそれがわかった。

貴史には本当にどれほど感謝してもしたりなかった。東原の命令とは言え、ほとんど縁もゆかりもない佳人のために、ここまで骨を折ってくれている。たまたま遥とは多少の面識があったにせよ、なかなかできることではないと思った。

佳人は野菜ジュースを飲みながらバーを囓《かじ》って食べた。こういう携帯食品を食べるのは初めてだが、そんなに不味くはない。

「遥さんが無事で本当によかったですよね。多少殴られたふうではありましたけど、かなり幸運だったんじゃないかと思いますよ」

貴史の言うとおりだ。

吊り下げられて揺れていた遥を見つけたときには、一瞬目を背けたくなったが、まだなにもされていないのだとわかって、涙が出るほど嬉しかった。夢中で抱きしめてしまうくらい安堵したのだ。

「でも、僕に言わせたら、本当に幸運だったのは彼らのほうなんですけどね」

「幸運？」

「そうです」

「……もしかして、東原さんの制裁ですか」

佳人が思いつくままに名前を出すと、貴史は神妙な顔つきで頷いた。

「あの人は遥さんに惚れきっていますから。もし遥さんの身に取り返しのつかないことをしていたら、あの四人は間違いなく相当悲惨な目に遭います」

それを聞くと、佳人は微かに身震いが起きた。

東原が怒ったらどうなるのかなど、想像するだけでも恐ろしい。佳人には東原がする制裁など予想もできないし、きっと誰でもそんな目に遭いたくないと思うだろう。

「僕は東原さんにそういう行為をさせたくないんです」

貴史はついでのようにしてポツンと言った。

横顔がなんだか寂しげに見えて、佳人は思わず貴史に近づき、すぐ傍に座り直す。佳人は遥のことばかり気にしていて、貴史には貴史の思惑があることに今の今まで思い至らなかった。

「貴史さん」

「すみません。今言ったことは忘れてください」

そう言って笑ってみせる貴史の顔が無理をしているようで、佳人はそのまま貴史の傍を離れ難《がた》くなった。こうして誰かと寄り添い合っていれば、寒さも周囲の不気味なまでの静けさも、追われている恐怖や遥がなかなか来ない不安も、全部薄れていく。

佳人は貴史の肩にも毛布の半分を掛けた。

佳人がこんなに寒いのに、同じようなスーツ姿の貴史が大丈夫なはずはない。今度は貴史も遠慮しなかった。

鬱蒼《うっそう》とした木々に囲まれた暗い山中で、赤い火だけが乾いた木の弾ける音をたてて燃えている。

少し下の方で、ガサガサと草を掻き分ける音が聞こえた気がした。

佳人と貴史が顔を見合わせる。

遥だろうか。

立ち上がろうとした佳人を、貴史が腕を押さえて止め、音のする方向を凝視していた。

ガサリ、とすぐ傍で木の枝を払いのける音がする。

貴史が佳人の腕を離したのと、佳人が立ち上がったのとが同時だった。

大きな幹が並んでいる間から、高価なスーツをボロボロにした遥が出てくる。

「遥さん！」

佳人は真っ直ぐに遥に駆け寄ると、広い胸板に抱きついた。

普段の佳人からは絶対に考えられない行為だが、佳人にはそんなことを考えている余裕もなかった。

遥が佳人の体を両腕で包み込み、きつく抱きしめる。

「遥さん」

佳人はそれ以外に言葉が出ない。

ネクタイは外され、真っ白だったはずのシャツは血と汗と泥でぐしゃぐしゃになっている。佳人は遥が受けた仕打ちを思うと、涙が零《こぼ》れてきた。

「すまん。ちょっと遅くなったな」

遥が佳人の髪を撫で、宥めるように背中をさする。

佳人は遥の汚れたシャツに自分の涙まで染み込ませると、湧き起こってきた衝動のままに、顔を上げて遥にキスをした。

すぐ向こうに貴史がいるというのを、瞬間的に忘れていたのだ。唇を触れ合わせてから気づいたが、今度は遥が離そうとしなかった。

唇の粘膜を何度も接合させ、舌を一度軽く絡め合う。

遥の口の中は血の味がした。

焚き火の傍にいた貴史が、立ち上がる気配がする。

佳人は遥の腕から離れ、貴史を振り返った。

「僕はもう少し薪《まき》になりそうな枝を拾ってきます。火を見ていてもらっていいですか」

貴史は遥に向かってそう頼むと、佳人には笑いかけただけで、遥の返事も聞かずにさっさと反対側の木立の奥に入り込んでいった。

「どうしよう」

佳人は今さらのように、とんでもないことをした、と羞恥を感じてきて、狼狽《ろうばい》した。

貴史は不愉快に感じたのではないだろうかと心配になる。こともあろうに彼の目の前で三回もキスをしてしまった。呆れられても当然だ。

遥と焚き火のところまで戻ってから、佳人は貴史が消えていった方角を見つめた。

「座れ」

先に胡座《あぐら》を掻いて座り込んだ遥に促されたが、佳人は首を振り、遥を見下ろして言った。

「おれ、貴史さんを追いかけてきます。薪が必要なら、おれも手伝わないと……」

「ばかめ」

遥は佳人の言葉を鼻であしらい、ぐいっと腕を引いて佳人を自分のすぐ横に座らせる。

「いつまで経っても無粋《ぶすい》なやつだな、おまえは」

「遥さん！」

座らされた途端に、今度は枯葉だらけの地面に押し倒される。

佳人は驚いてしまった。

「執行は俺とおまえに三十分ほど時間をくれたんだ。さっきのはそういう意味だ」

思いもかけなくて、佳人は目を見開く。そしてあらためて頰が熱く上気してきた。

佳人の体にのし掛かってきた遥が、佳人のワイシャツに手をかける。

「ネクタイはどうした」

「いざというときに邪魔になるといけないので、取りました」

「そうか」

ボタンを外され、隙間から手を入れて胸板を平手で撫で回される。

佳人は敏感に反応して、首を左右に振った。

遥の指で乳首を弄《いじ》られると、体中がビクビクと震えてしまう。摘《つま》み上げられたり指の腹を摺り合わせて擦られたり、爪先でくじるようにされたりするたび、喘ぎが洩れる。

佳人は遥のワイシャツに手を伸ばした。

「遥さんも……すごい恰好です」

もちろんネクタイなどしていなかった。

「こんな俺は嫌か」

「どうしてですか」

「俺は、由緒正しい家に生まれた上品な御曹司なんかじゃないからな。こんな変なことに巻き込まれても仕方がないような商売ばかりしているし、おまえはもう、俺に愛想を尽かしたんじゃないかと思ってな」

遥は真剣な顔をしていた。

男前の綺麗な顔も、今夜ばかりは唇の端が切れて少し腫れていて、いつもより荒々しい印象になっている。激しく飢えていることも、目の色から窺えた。こんな状態の遥に押さえ込まれていると、佳人は体の芯が疼《うず》いてくる。もっと奪ってほしい。遥を感じて佳人も熱くなりたかった。

「あなたが、好きなんです」

はじめて佳人は遥の前で自分の気持ちを正直に打ち明けた。

遥がじっと佳人の目を見つめてくる。

ようやく言えたと思うと、重い荷物を降ろしたように気持ちが楽になる。

「これからもずっと好きでいては、だめですか」

「ばか」

遥はいつもより覇気のない調子で佳人にばかと言うと、いきなり佳人の上から体を起こし、もう一度胡座を掻いて火に向かって座り込んでしまった。

佳人も体を起こして、なにが起きたのかと不審げに遥を見た。

遥は頭を少し項垂《うなだ》れさせ、片方の手のひらで顔全体を覆っている。そのまましばらくじっとしていた。

「遥さん」

佳人は遥の膝に手をかける。

遥が空いたほうの手で佳人の手を摑んできた。

まだ顔は伏せたままで上げてくれなかったが、佳人は強烈に遥が欲しいと思い、ボタンの飛んだシャツの隙間から手を入れ、頑丈な胸板を手のひらで堪能する。そして残りのボタンも外そうとした。だがそこで、遥に手首を摑まれる。

遥の手首は酷い擦過傷ができていて、見るからに痛々しかった。

佳人がそっと慈《いつく》しむように傷の上に唇を寄せると、遥はようやく顔に当てていた手を外し、赤く充血した瞳を佳人に向けた。

「痛い、ですか」

「いや」

「おれが胸に触るのは、嫌ですか」

遥は、違う、と首を振った。

「シャツを開くとおまえはびっくりするかと思ったんだ。きっと打撲の痕が醜《みにく》い斑《まだら》になっているはずだからな」

「かまいません。……遥さんがもし嫌でなければ」

佳人がきっぱり言うと、遥は佳人の手首を離し、代わりに髪や項《うなじ》に指を触れさせた。

遥の体は確かに痛々しかった。肋骨《ろっこつ》の一本でも折れていても不思議はないように思える。

佳人は傷の一つずつに唇で触れていきながら、ズボンのファスナーを下ろし、すでに頭を擡《もた》げさせていた遥のものを中から取り出して素手で握り込んだ。

遥が低く呻いた。

佳人の手の中で熱く脈打っているものが、すぐにまた大きくなる。

愛しさが込み上げてきて、佳人は遥のものを唇で含んだ。

「よせ」

汚い、と遥が言ってやめさせようとしたが、佳人は口に入れたまま頭を左右に振り、そのまま吸引したり舌を這わせて舐めたりした。

遥は少しずつ呼吸を荒くし、ときおり切羽詰《せっぱつ》まった声で低く喘ぐ。引き締まった腹部が上下して、遥が信じられないほど早く絶頂を極めかけているのがわかる。

いっそこのまま遥を達《い》かせてあげようか、とも思ったが、佳人はどうしても今夜遥が自分の中に欲しかった。二度する時間はないし、遥の体を考えれば無理だった。

「遥さん」

佳人は胡座を掻いた遥の腰に跨《また》がると、遥の首に腕を回して抱きついた。

そして下着ごとズボンを下げる。

「このままは無理だ」

「いいんです」

位置を合わせて腰を落とし、先走りで濡れた遥の硬い勃起を少しずつ中に受け入れる。

「あ、あっ、あ……」

なんの準備もしていなかった繊細な襞《ひだ》は、大きすぎる侵入物に強く抵抗する。しかし先端の一番笠が広がった部分を呑み込むと、あとはずっと楽だった。

狭い筒をいっぱいに広げて遥を根本まで収めた。

佳人は満ち足りた溜息を洩らし、中に迎え入れた遥を優しく引き絞って、もっと感じようとした。佳人がきつく締めつけると、遥も大きく脈打つ。

ひとつになっている充足感に、佳人は酔いしれそうだった。

遥も必死で快感を堪えようとしているような、とても色っぽい表情をしている。

遥の膝に乗って座ったまま抱き合って、キスを何度も交わした。

佳人の前も昂りきっていた。先端から滲み出たものが遥の腹を濡らしている。

そろそろ限界が近い。

「動いてもいいですか」

熱い息をつきながら佳人が聞くと、遥が先に腰を突き上げてきた。

「ああっ」

「一緒に達けばいい」

「遥さんっ、待って……」

ものすごい快感が佳人の背筋を駆け上る。

佳人は自分も夢中で腰を動かし、中に入れた遥をしっかりと締めつけ、あっという間に上りつめた。

遥の唇からも快感に呻く艶やかな声が洩れる。

佳人は遥の胸に頭を凭れさせ、荒い息をついた。

「佳人」

遥が佳人の頭頂部にキスをする。

耳にも目尻にも、頬やこめかみにも、キスしてくれた。

遥の唇があまりにも気持ちいいのと、昨夜の睡眠不足がいっきに佳人の瞼を重くする。

佳人は遥の胸に抱かれたままで眠り込んでいた。

木立の奥から貴史が戻ってきた。言っていたとおり両腕に一抱えぶんほどの枝を拾い集めてきている。

遥は腕の中で眠っている佳人が目を覚まさないように、静かな声で貴史に話しかけた。

「気を遣わせて悪かったな、執行。今回のこと、恩に着る」

「僕は東原さんの命令で動いただけです。それに佳人さんには電車の中で気分が悪かったとき、偶然助けてもらいましたし」

貴史は淡々とした調子でそう言うと、遥が大切そうに抱いている佳人に視線をやり、すっと目を細めた。

「眠ったんですね、佳人さん」

「ああ。相当疲れていたようだ」

「あなたは寝なくていいんですか。ダメージの大きさから言うなら、あなたのほうが数倍疲れているはずですが」

それとも、と貴史は遥をからかう。

「佳人さんがいると、疲れなんて吹き飛ぶのかな」

今までならそっけなく否定していたはずのところだが、遥は逆に、そのようだ、と答えて貴史の目を瞠《みは》らせた。

「なんだか妬《や》けますね。あなた方二人を見ていると、僕はとても羨望《せんぼう》を感じます」

貴史はそう言いながら、小さくなりかけている焚き火に新しい枝を入れた。そして傍《かたわ》らに置いたままになっていた毛布を取って遥に差し出す。

「佳人さん、そのままだと風邪ひきますよ。あなたも一晩中そうしていたら腕が強ばって動かせなくなると思います。毛布にくるんで横にしてあげたほうがいいかもしれません」

確かに貴史の言うとおりだったので、遥は地面に広げた毛布の上にゆっくりと佳人を下ろし、体を包んでやった。

「連中も、ここまでは追ってこないだろう。いい隠れ場所を見つけたな」

「そうですね。できればもう、諦めてくれるといいんですが」

「割に合わないと判断したら退く気はするがな」

「僕もそう思います。今夜は心配しなくても大丈夫でしょう。問題は日が昇ってからですね」

貴史が枝で焚き火の中を掻き回すと、火の勢いが強まって周囲の明るさが増す。

火の具合を調節すると、貴史はリュックの中の携帯食料とジュースを遥に渡した。そして遥がそれを食べている間に、手首を片方ずつ取って擦過傷に薬を塗り、包帯を巻いてくれる。

「辰雄さんとはまだ続いているのか?」

手当てが終わってから、遥は貴史に聞いてみた。

「ええ、まぁ」

貴史は歯切れの悪い返事をする。

「もうそろそろ僕も距離を置いたほうがいいのかなと思うんですけど。でもだめですね。なかなか踏ん切りがつきません。あの人も強引だし、やっぱり怒らせると怖いですから」

遥は適当な相槌が打てずに、黙ったままやり過ごした。

自分の恋愛も不器用でままならないというのに、とても他人のことに口出しできるはずがない。遥には、そもそも東原の気持ちがわからない。貴史を有能な弁護士として信頼し、一目置いているようなのに、反面、気が向いたときだけ相手にする愛人と大差ないあしらいかたをする。

「東原さんは今度の件、きっと怒っていますよ」

貴史は話を自分のことから遥のことに切り替えた。

「遥さんを早めに救出できて幸いでした。東原さんは理性のタガが外れたら、なにを考えつくかわからない人だし、とにかく遥さんを熱愛しているようですから」

「熱愛はオーバーだ。大事にしてもらっていることは否定しないが」

「もしよかったら、落ち着いてからでも一度東原さんに連絡してあげてください。今回直に自分が動けなかったことで、とても悔しがっていましたから」

「ああ。そうしよう」

それにしても、よく遥があの小屋に閉じ込められていると捜し当てられたものだった。

境が喋っていたことからして、佳人が遥を拉致したことを知らされて脅されたのは、今朝のことだ。それから東原とコンタクトを取り、貴史と共に島に駆けつけたとしても、せいぜい着いたのは夕方近くだろう。よほど運がよかったとしか思えない。

「親切なお爺さんがいて、こっそりと夜釣りに行く船に便乗させてもらったんです。小さな船で、船着き場で僕たちを降ろしたらすぐ離れてもらったので、連中にも見つからずにすんだんでしょう。しかも、お爺さんは以前あの島に住んでいた人と親しくて、島内のことに結構通じていたんです。撮影場所から船着き場までの間で拉致されたとすれば、大の男一人抱えてそれほど遠くに運べるとは思えません。ましてや拉致した時間にはまだ撮影隊が島にいたんです。周囲に適当な建物がないか、できれば船着き場が見通せるような場所に建っている家はないか、という点に絞って教えてもらったところ、それならあそこだ、と言われたんですよ。当たっていて本当によかったです。あのお爺さんはなかなか炯眼《けいがん》でした」

「なるほど、そんなわけだったのか。あとで礼を言いに行かないといけないな」

「それがいいかと思います」

「執行、あんたにもだ。今度なにかさせてくれ」

続けて遥が言うと、貴史は慌てて胸の前で手を振った。

「僕はいいです。むしろ佳人さんになにかしてあげてください」

貴史の言葉に、遥はぐっすりと眠っている佳人を見つめた。

温かい気持ちが胸底から湧いてくる。

「佳人さんは本当に捨て身で行動していたんですよ。僕は佳人さんを見ていると、どうにかしてあげたくて仕方がなかった。手伝えてお礼を言いたいくらいです」

「……ありがとう」

はい、と貴史が満足そうに返事をする。

「そろそろ遥さんも寝てください。僕は昨夜普通に眠ったので、起きて焚き火の番をしています。明日はかなり早朝にここを下りて船着き場に行きますから」

「船が来るのか？」

貴史は思わせぶりに唇の端を上げてみせる。

どうやらなにか策があるらしい。

眠気が差してきたので、遥も言葉に甘えて寝させてもらうことにした。

横になったらすぐに瞼がくっついて意識が薄れていったのは、当然といえば当然だった。

翌朝、佳人は肩を揺すられて目を覚ました。

「……遥さん」

「起きられるか？」

佳人は毛布にくるまったまま起き上がると、遥の精悍《せいかん》な顔を見つめた。

夢ではなかった。

昨夜、遥を本当に救い出すことができていたのだ。

辺りはまだ薄暗かった。ようやく太陽が昇り始めたばかりのようだ。毛布を取ると一気に冷気を感じて体が身震いする。それを見た遥がフッと薄く笑った。

「おまえ、本当に寒いのが苦手なようだな」

「そうでもないんですけど」

佳人はふと自分が毛布を独り占めしたのだと気づき、とても申し訳ない気持ちになる。

焚き火は消え、黒い燃えかすだけが残っている。

少し離れたところでリュックの荷物を整理していた貴史が傍に来て、おはよう、と佳人に声をかけてくれた。昨夜遥と二人きりにしてもらったことを思い出し、気恥ずかしかった。しかし貴史のほうは全然気にしていないようで、佳人の顔が赤いのを、熱があるのではないかと心配する。

「すぐに出発するつもりだけど大丈夫ですか？」

「おれは平気です」

「これ一枚じゃ寒かったでしょう？」

貴史が毛布を拾い上げ、軽く土を払ってから手際よく折り畳みだす。

「いや、そんなことは。すみません、毛布一人で使って。貴史さんは眠られたんですか？」

「僕は眠くならなかったので起きていました。ずっと火の傍に座っていたので、平気でしたよ」

言葉通りに受け取っていいのかどうか悩んだが、貴史はさっさと畳んだ毛布を荷物の底に詰めに行き、並べてあった他の小物を綺麗に入れていく。

遥が佳人の髪についていた枯葉を取ってくれる。取るついでに、さらっと髪に指を走らせた。

意外さに佳人は振り返る。

これまでの遥なら、夜にどれほど熱く抱き合っても、朝にはいつもどおりのそっけない態度に戻っていて、佳人にほとんど触れてこようとしなかった。

心境に変化があったのか、遥は昨夜小屋を脱出したときから、微妙に佳人への接し方が違ってきている。

「なんだ。俺の顔はそんなにおかしいか」

佳人は慌てて首を振った。

行きましょう、と貴史が二人を促した。

空はさっきよりずっと明るさを増している。

山を下りている間は誰も喋らず、黙々と足だけ動かした。

船着き場まではキャンプ場所から歩いて三十分はかかるだろう。

都会に慣れた佳人には、誰一人として行き合わない道、自動車が一台も走っていない無人島というこの場所が、あまりにも非現実的だった。昨日の朝からずっと悪い夢を見ている気分になる。途中の道沿いにあった空き地に、廃車にされた鉄屑のような車が積み上げられているのを見て、ようやく、何年か前までは人が生活していたのだ、と現実感を取り戻すようなことがしばしばだ。

「あの人たちは、結局諦めたんでしょうか」

佳人は遥が監禁されていた小屋への脇道が近づいてくるにつれ、ずっと不安に思っていたことを貴史に聞いてみる。

「まだ完全には諦めていないでしょうね」

貴史は相変わらず落ち着き払っていた。

もし今捕まれば、貴史も同じ目に遭う確率が高いというのに、なぜこんなに冷静でいられるのか佳人には計り知れない。弁護士というより、まるで本業の探偵かスパイのようだ。もっとも、佳人はそのどちらにもまだお目にかかったことはないから、あくまでイメージだ。

「船着き場で待ち伏せされているかもしれないな」

遥の危ぶむ言葉に、貴史も神妙な顔になる。

「可能性はありますね。もしそうなったら、船に乗るまでにまた乱闘しなくてはいけなくなりますが、できればあの人たちにも疲れ果てて寝ていてほしいものです」

「結局は金で動いているだけの連中だからな。境にどこまで付き合う気になるかだろう。それとどれだけ俺に対して憤《いきどお》っているかだな」

「そう言えば聞き忘れていましたが、あのあと境はどうしたんですか」

貴史が思い出したように遥に聞く。

それは佳人も気になっていたことだったので、横を歩く遥の顔を見る。

素手で叩きのめしてガムテープで縛って放置してきた、と遥は至って簡潔に答えた。

ナイフは使わずにすんだらしいとわかって、佳人はホッとした。たとえ護身用だとしても、武器を持つのは躊躇する。血生臭い世界は苦手なのだ。それらと深くかかわってきた反動かもしれない。

船着き場が見えてきた。

船の姿は見あたらない。

しかし、沖の方からかなりのスピードで接近してくるクルーザーがある。

「あれのことなのか」

「ええ、たぶん」

遥はなぜか渋い顔つきになっている。

「遥さん？」

なにか不都合でも生じたのかと不安になって遥に声をかけると、遥はちらっと佳人に視線をくれ、苦々しく言う。

「なんでもない。単なる俺の気持ちの問題だ」

訳知り顔の貴史はひたすら苦笑しているだけで、佳人が困惑した顔をしても、

「たぶん、男のプライドとか、そういうことなんじゃないですか」

と、さらに佳人を戸惑わせる。

船を見てからは皆足取りが速まっていた。

早くこの島から出たい気持ちが高まったのだ。

「大丈夫、誰もいません」

貴史が船着き場の辺り一帯を見下ろせる、最後のカーブの手前で言った。

船は今着岸しようとしている。

黒い船体に真っ白いキャビンが重ねられた、溜息が出るほど優雅なクルーザーだ。コンバーチブルと呼ばれる艇種で、全長十二メートル、幅は四メートルくらいだろうか。このタイプなら十人以上乗れるだろう。

佳人にもようやく遥の不機嫌な理由がわかった。

香西の船なのだ。

佳人はこれには乗ったことがないが、今年に入ってしばらくした頃、香西がこの船のパンフレットを上機嫌で眺めていたのを覚えている。香西は佳人にも資料を見せ、どうだ、と聞いたのだ。

聞かれても困ったが、とにかく美しい船だったので、そう答えた記憶がある。

あのときのクルーザーを結局買ったらしい。

「どうして香西さんが……？」

佳人もどう反応すればいいか悩んでしまう。

「お爺さんに帰りは無理だと言われましたから、すぐ東原さんに連絡して船を調達してもらいました。東原さんも香西さんに頼むのが一番早くて確実だと判断したんでしょう」

「ああ、それで街に出たとき電話をかけていたんですか」

「そうです。黙っていてすみませんでした。苦肉の策だと思って許してくださると助かります」

「この際、贅沢《ぜいたく》は言っていられない。こんな立派なクルーザーで帰れるんだから、ありがたく世話になろう」

上部のデッキから若い男が、早く乗れ、と手招きしている。

嫌な予感がして背後を振り返ると、四人がこちらに向かって全力疾走で迫っている。なにごとか喚き散らしているが、内容は聞き取れなかった。

「上から船を見られたんです。早く乗りましょう！」

貴史に切迫した調子で言われ、佳人は緊張から足を縺《もつ》れさせて転びそうになる。すんでのところで遥に支えてもらって助かった。

「来い！」

遥に腕を引かれ、佳人は桟橋を必死で走った。

貴史が後ろからついてくる。

背後をときどき振り返りながら走っているようで、

「急いで！」

と叫ばれたときには、極度の緊張に足が竦んで動かなくなりそうだった。

最後はほとんど遥に抱きかかえられるようにして、どうにかゲートを通って船に乗り込んだ。

貴史もすぐあとから飛び込むように乗ってくる。すかさず乗組員がゲートを戻し、ブリッジに行く梯子《はしご》を上っていった。

エンジンをかけっぱなしにしてあったクルーザーは、ゆっくりと桟橋を離れていく。

四人が鬼のように真っ赤になった顔を歪め、口々に罵り声を上げて桟橋を走ってくる。しかし海に出てしまった船を止める術はない。悔しさに地団駄踏んでも、間一髪で佳人たちは難を逃れたのだ。

境は間近でこの大きなクルーザーを見て唖然《あぜん》としていた。なぜこんなものがここにあるんだ、というような顔つきをしている。

「あなたに伝言があります」

アフトデッキから身を乗り出して、貴史が境に向かって声を張り上げる。

「この二人に用があるなら、川口組《かわぐちぐみ》の東原辰雄《たつお》を通せ、だそうです。聞こえましたか」

途端に、へなへなと境が膝を折ってしゃがみ込む。

さっきまでうるさく叫び続けていた三人も口を噤《つぐ》んで青ざめていた。

「これでたぶん、連中は今後いっさい手出ししてこないと思いますよ」

貴史が風に乱れる髪を押さえながら請け合った。

「だといいですけど」

佳人は慎重な返事をしておく。

しかし実際のところ、東原の名を出した以上は、二度と余計なことはしてこないはずだと考えてよかった。

遥は無言のままだったが、たぶん同じように思っているだろう。

クルーザーは方向転換すると快調なスピードで本土に向けて走っている。

「このクルーザーは香西さんが契約しているマリーナに向かいますので、三時間ほどかかりそうです。よかったら下にシャワールームがありますから、さっぱりしてください」

「そうだな。そうさせてもらおうか」

「新しい下着類とスーツ一式を用意してもらうように頼んでおいたので、オーナー用のベッドルームの造りつけクローゼットに、提げてあると思います。たぶんデパートの既製品ですが、サイズだけは合わせてありますから。佳人さんにも、下着とワイシャツだけ用意してあります」

内部にこれだけ詳しいからには、貴史は前に一度この船に乗ったことがあるのだろう。たぶん東原が連れていったのだ。

それにしても貴史は完璧だった。

溜息しか出ない。

貴史に鍛《きた》えてもらえば、さぞや役に立つ人間になれるのではないだろうか。佳人は一瞬本気でそう考えた。そうすれば遥のためにもっと尽くせる。

「僕はしばらく外の風に当たっています。フライブリッジにいますから」

貴史はさっき乗組員が使った梯子を身軽に上っていった。

遥がキャビンへの出入り口の方に歩きだしながら、

「おまえもシャワーを浴びろ」

と佳人に声をかける。

佳人はこれが香西に連れてこられたことのない、初めて乗船するクルーザーで本当によかったと思った。そうでなければとても落ち着いて乗っていられなかっただろう。

東原に突然船を貸せと頼まれた香西が、わざわざこんな真新しいクルーザーを選んだのは、親切心なのか、虚栄心なのか、微妙なところだ。

「早く来い」

もう一度促され、佳人は遥の背中についてキャビンに入った。

窓を大きく取ったキャビンは明るく開放的な部屋だった。木目が美しいウッドはピカピカに磨き上げられ、ソファやテーブルなどの備品も重厚感のある落ち着いたもので揃えてある。

舳先《へさき》に当たる三角部分には下に行く階段があった。

遥はキャビンを通り過ぎてその階段を下りていく。戸惑いながら佳人も続いた。

まず、セミダブルサイズ程度の変形ベッドが目に飛び込んでくる。ブルーのペイズリー柄をしたシーツで綺麗に整えられ、クッションが三個のせてある。

他にも電磁プレート付きのギャレーやシャワールームへのドア、さっき貴史に説明されたクローゼットなどがあった。

ゴージャスで美しいクルーザーだと佳人は思った。船には目がない香西が、三艘目として持ちたがったのがわかる。

「こんなふうにして香西さんの船におまえと乗ることになるとは思わなかった」

遥は手首の包帯と汚れた服を脱いで床に落としながら、少し皮肉な口調で言った。

「前々から何度かクルージングの話が出たが、なかなか実現しなかったんだ。俺もあえて行きたいわけじゃないからな。親分さんがおまえも連れてこいと言うのが癪《しゃく》だと思っていたし」

「癪って……どういう意味なんですか」

佳人は勇気を出して遥に質問してみた。

答えは想像がつくのだが、想像が当たっていると、一度でいいから確かめたかった。

「……どういう意味だと思う？」

「わかりません」

はぐらかされたような気がして、佳人もそっけなく言い抜ける。

遥は微かに眉を上げ、上半身裸でズボンだけ身につけた恰好のまま、佳人の体を抱き竦めてきた。

「遥さん！」

唐突だったのと、腰に当たる遥の勃起の硬さに羞恥を感じたのとで、佳人は狼狽えた。こんなに連続して遥と触れ合ったことはない。しかし遥がその気になっているのは確かだ。

「愛している」

遥の口調には迷いも躊躇いも窺えなかった。

佳人は目を瞠った。

半分はわかっていたが、いつももう半分のために悩んでいた。

二人ともたぶん同じだったのだ。

なんて不器用で要領の悪い二人だろうとおかしくなる。周囲が焦れても当然だ。

佳人は遥の胸板に頭を凭れさせ、遥の体臭を感じた。

遥の長い指が佳人の頬に触れ、喉を擽《くすぐ》る。遥の指は気持ちがいい。いつも佳人をうっとりさせる。

「おまえは本当に俺でいいのか？」

「違います」

佳人はすぐに訂正した。

「あなたでないとだめなんです」

遥が佳人の上着を肩から滑り落とさせた。

「脱げ。一緒にシャワーを浴びるぞ」

「はい」

まだ覗いていないシャワールームは、二人で入るには狭いかもしれなかったが、そんなことは全然問題ではなかった。

佳人が全部脱いでしまうと、遥は背後から腰に腕を回してきて、佳人の股間のものを手のひらに包み、柔らかく揉みしだいた。

「あっ、あ、……だめです」

「少しだけだ」

遥が色気のある声で耳元に囁く。

「あ……」

佳人は敏感な部分を直接刺激されて、膝を崩してしまいそうだった。足の付け根からじわじわと広がる快感に、喘ぐような吐息が出る。

「遥さん」

胴に回された遥の片腕に指をかけ、やめてください、と哀願した。

このままではすぐに遥の手を先走りで濡らしかねない。

遥が佳人の肩に軽く歯を立てた。

「シャ、シャワーじゃなかったんですか」

「シャワーだ」

やっと遥は佳人を離す。

「来い」

相変わらずぶっきらぼうで強引で自分本位な遥だが、照れくささの滲んだほのかに赤い顔だけは、今までとまるで違って新鮮だった。

トイレとユニットになったシャワールームは想像したよりもずいぶん広い。男二人で入っても身動きできた。

「洗います」

佳人が備えつけの石鹼をタオルに擦りつけて泡立てると、たちまち湯気に芳香が混じった。

遥の体中についた痣を、佳人は自分の身に受けた傷のように痛ましく感じているようで、ひどく辛そうな顔をする。

「こんなものはすぐ治る」

遥は佳人の憂《うれ》い顔を見るに忍びなく、心配もさせたくなかった。

背中と前を一通りタオルで擦った佳人は、ちょっと躊躇ったが、遥のものは両手に直接石鹼を泡立てて、揉むようにして洗った。袋まで丁寧に指を這わせる。佳人の指使いがあまりにも気持ちよく、遥は快感に身を委ねて熱っぽい息を吐く。

佳人の手の中で硬く張り詰めているものが、洗ってもらっている最中に弾けたりしてはあまりにも腑甲斐ないので、遥は意識を少しよそに向けるために佳人に話しかける。

「昨日のことが嘘みたいだな」

「もう、あんなことは金輪際《こんりんざい》ご免です」

佳人は切れ長の目を少しだけ吊り上げ、遥を睨む。

佳人がどれほど心配し、黙って待っていられないほど焦燥《しょうそう》し、不安に泣いたのかを想像すると、遥は二度とこんな事態を招くような隙を作るまいと心に誓った。

ときどき強気で強情な言動をする佳人だが、内面はあくまでも優しく穏やかで、争いごとの嫌いな男だ。無理をして突っ張った分だけ、見えないところで脆《もろ》さを増す。今回佳人が心に受けた痛手の大きさは計り知れず、遥はただ佳人に悪かったと反省するしかない。

遥の体は、とうに自分一人のものではなくなっていたのだ。春先に佳人を引き取った瞬間から、自分のものであると同時に佳人のものでもあった。

遥は傲慢《ごうまん》で、今までそれに気づけなかった。佳人の体は遥のものでもあると言い放ち、だから守る義務があるなどとうそぶいていたが、佳人の気持ちもそれに近いのだと、今回あらためて知らされた。

遥が佳人を守りたいと思うように、佳人も遥を守りたいのだ。

金で買われたからとか、悲惨な目に遭うはずのところを救ってもらったからという表面的な立場の違いから、佳人はそれを遥に対してどう言いようもなく、心に秘めてもどかしい思いを味わっていたのだろう。

佳人に潤んだ目で睨まれた遥は、ぐうの音《ね》も出なかった。

佳人の気持ちがせつない。

「遥さん」

不意に佳人が遥の腰に手を回して抱きついてくる。

「抱いてください」

佳人は声を震わせながら言い募る。

「今ここで、どんなに乱暴にしてもかまわないから、おれを抱いてください」

「ベッドが嫌なのか」

こんなふうに佳人から縋ってくるのは初めてだ。

昨夜もかなり昂奮《こうふん》していたが、ここまでではなかった。

遥は柄にもなく戸惑った。

ベッドでは嫌なのか、という質問に、佳人は思い切り強く首を振る。

「そうじゃありません。ただ、今すぐに遥さんが欲しいんです」

遥ももう躊躇わなかった。

佳人の体を裏返し、壁に押しつける。

立位のままで、遥は濡れて滑りのよくなった勃起を、佳人の狭い内部に下から突き入れた。

「あぁぁあっ」

自分で乱暴にされるのを望んでも、衝撃の大きさは覚悟した以上だったらしい。佳人は壁に縋って、意思とは逆に反射で腰を引きかける。遥はそれを、両腕をかけて阻み、もっと自分の腰の方に引き寄せた。

「ううっ、あ」

先端がさらに佳人の奥にまで届く。

遥は佳人の背中にぴったりと体を密着させ、前に回した片腕で股間を掴む。

佳人はたまらなさそうに身動ぎした。

乱れた髪の隙間から見える横顔は、薄桃色に上気している。唇もいつもよりもっと色濃くなっていた。閉じられた長い睫毛《まつげ》に浮いた透明な粒を、遥は舌先で舐め取った。

「おまえ、綺麗だぞ」

照れくさかったが、遥は思ったとおりのことを佳人に言った。

佳人の頬にもっと朱が差す。

遥はそれを見ると満足し、はち切れそうに膨らんだ硬いもので佳人の中を容赦なく掻き回した。

佳人の唇から、歓喜と悦楽と、少しばかりの怯えとが交じった喘ぎ声が、ひっきりなしに零れてくる。壊されるような恐怖と、激しい抽挿《ちゅうそう》がもたらす深い悦楽をより長く味わおうとする貪欲な欲望が、佳人を信じられないほど乱れさせている。

快感に噎《むせ》び泣いて艶やかな声を聞かせる佳人を、ずっと見ていたかった。

普段秘書として遥の傍にいる姿からは想像もできない淫らさで、こんな顔は自分だけのものだと独占欲を強くする。

遥自身呻き声を立ててしまうほどの快感を受けていたが、ずっとこうして交わっていたくて、相当長い間佳人を責め続けた。

佳人の前は遥の手淫を受けて二度弾けたが、遥はまだ出すのに抵抗し、途中にインターバルをおくことで保っている。

「もう……、もう」

また勃たせかけながら、佳人はとうとう弱音を吐いた。

膝を折って、ずるっと壁をずり落ちる。

「もう満足したのか」

遥が耳元で囁くと、息がかかっただけでも佳人はびくびくと顎を震わせ、唇を嚙む。

「俺はまだだ」

「遥さんっ！」

タイルに肩と膝を突かせた姿で、佳人の高く掲げられている尻を責める。

指で前を弄ってやるのはやめたが、今度は中から佳人の弱みを何度も押し上げた。

佳人は艶の混じった悲鳴を上げ続け、許して、と哀願する。

このままもっと続けて佳人を失神させたい気もしたが、今日は遥のほうに佳人を抱きかかえてベッドまで運んでやれるだけの体力があるかどうか、確たる自信がない。体がまだ本調子でない上、激しくセックスしたあとだ。万一佳人を途中で落とすような不様《ぶざま》なことになれば、言語道断である。いくら佳人が細くて軽かろうとも、大の男一人横抱きにするのは、なかなか腕力のいる行為なのだ。

「達くからちゃんと受けとめろ」

遥の言葉に、佳人が喘ぎながら頷いた。きつく瞼を閉じたまま、遥の与える行為を全身で感じているようだった。

遥は抜き差しするスピードを速め、佳人に最後の嬌声《きょうせい》を上げさせた。

中で吐き出したものが何も生まないことを、今日ほど残念に思ったことはない。この感覚はこれまでただの一度も持った経験がないもので、遥自身当惑した。佳人が女ならばよかったとか、そんな単純な問題ではない。遥は佳人が男で満足している。今日は少し感傷的になっているのかもしれなかった。

ぐったりとなった佳人の体を、今度は遥が洗い清めてやった。

佳人は満ち足りた表情でおとなしくしている。

シャワーの湯でお互いを洗い流してシャワールームを出るまでの間、数えていられないほど何度もキスをした。

それでも飽きずに、ベッドに入ってもキスをする。

「あのな」「あの」

二人の声が重なってしまい、先を譲り合った挙げ句、遥から言うことになる。

遥が軽く咳払いして、

「うちに帰ったら、今夜から俺のベッドで寝ろ」

と言うと、佳人は目を見開いた。

「嫌か」

遥は不安になって確かめる。

佳人が驚きの表情を、ゆっくりと弛緩《しかん》させていき、とうとうとても艶やかに微笑んだ。

「嫌じゃないです」

「そうか」

遥は、胸を撫で下ろしたが、同時に、露骨にころころと表情を変えて見せたのを、恥ずかしく感じた。

「おまえの番だ」

「……おれも、もう終わりました」

佳人がはにかみながら言う。

二人はしばらく互いの目を見つめていたが、やがてどちらからともなく相手の肩や背に腕を回して離れていた体を密着させると、唇を合わせて舌を絡め、濃密なキスに酔いしれた。

岸までもうあとどのくらいで着くのかわからないのに、どちらもそのことをすっかり頭から消し去ってしまっていた。

□□□

フライブリッジで乗組員の横に座り、潮風を受けながらのクルージングを楽しんでいた貴史は、しばらく経ってから、東原に電話をかけるため、アフトデッキに下りた。

船は非常にゆっくりとした速度で航行している。

しかも貴史が乗組員に迂回を指示したので、マリーナまでは通常の倍の時間がかかるだろう。キャビンを覗いたわけではないが、二人が下のベッドでゆっくりと確かめ合いたいだろうことは間違いない。

東原はすぐに電話に出た。

「僕です。遥さんは無事に助け出すことができました。打撲や擦過傷が酷いだけで、欠損箇所はありません。骨にも内臓にも異常は見られないようですが、これは僕の素人判断なので、念のため病院に行くようにあなたから勧めてくださると助かります」

『そうか、わかった。よくやったぞ。遥と代われるか?』

「あいにくと」

貴史はほんの少し遥に羨望と嫉妬《しっと》を感じつつ答えた。

東原の興味はいつも遥に一番注がれている。決して貴史にはそれを超えられない。今回のようにどれだけ東原の期待に応えてみせても、東原は貴史の能力を評価しても、貴史自身には関心を持たない。遥は別の男を愛していて、しかも傍で見ているだけで微笑ましくなるほど相思相愛だ。そんなほとんど手に入る確率はない遥に、東原は相変わらず惚れ続けている。

貴史の返事で東原はすぐに事情を察したようだ。

『なるほど、不粋だったようだな』

東原の声には特に目立った感情は含まれていない。

たまに貴史は不思議でならない。

なぜ東原は遥を強引に自分のものにしなかったのだろう。まして、なにを思って佳人と引き合わせるような親切心まで起こしたのか、理解不能なのだ。

東原は貴史を問答無用で無理やり自分のものにした。

遥との扱いの差に、東原の気持ちの差を思い知らされているようで、貴史は辛くなる。

『どうした』

少し沈黙が長すぎたのか、東原が訝しそうに聞いてきた。

貴史はハッとして気を取り直す。

「あ、いいえ、ちょっと、香西さんはクルーザーを貸したことを後悔するんじゃないかな、と思っていただけです。つまらないことでした」

『後悔するかどうかは知らんが、不機嫌にはなるかもしれねぇな』

「まだそんなに佳人さんにご執心なんですか」

『そういうことだ。本音は佳人がかわいいから、その船を貸したんだろ。遥のためならとか殊勝《しゅしょう》なことを言っていたが、ありゃ絶対言い訳だ。あの親父も本当に見栄っ張りだからな。俺は案外その船だって、佳人にくれてやってもいいくらいのつもりで今回出したに違いないと踏んでる』

「佳人さんは、とても魅力的な人ですね」

『半分血を凍らせてた遥をあそこまで熱くしたんだからな』

東原が本気で言っているのがわかり、ますます貴史は東原の気持ちが見えなくなる。なぜこうも淡々としていられるのだろう。少しくらい佳人に嫉妬しないのだろうか。

「僕は、二人が羨《うらや》ましくてたまりませんでした」

貴史は少し苛立ちを覚え、言わなくていいことを言ってしまう。

電話の向こうで東原が虚《きょ》を衝《つ》かれたように一瞬黙り込んだが、次にはふふん、といつもするように皮肉っぽく笑った。

『あてられたか』

「少しだけ」

貴史が正直に返事をすると、東原はまた笑う。

『なら、おまえにも褒美をくれてやる。今夜いつものホテルに来い』

嫌です、と喉まで出かけたが、結局声にはならなかった。

体だけの関係は虚《むな》しすぎて、いつも事後に貴史を後悔させる。それでも東原を拒絶できないのは、貴史が東原にまだほんの僅かな期待を残しているからだ。

いつかこの気持ちが、残酷な冷血漢に通じるかもしれない。

そう考えると、自分からは絆を断ち切れない。

「……はい、東原さん」

貴史は苦い気持ちと共に電話を切った。

一途な夜

約束のホテルに行くと、東原《ひがしはら》はまだ来ていなかった。

わかっていたこととはいえ、貴史《たかふみ》は微《かす》かに溜息を洩らしていた。

多忙な東原はいつも時間など約束しない。たいてい真夜中近くにふらりとやってきて、手間暇かけずに貴史をベッドに連れ込むと、一度か二度楽しんでから、シャワーを浴びて帰ってしまう。

部屋は東原が年間契約して借り切っているシティホテルのエグゼクティブルームだ。フロントに行けばすでに顔見知りになっているフロントマンが、すぐに鍵を差し出してくる。

スペシャリストのホテルマンたちは、いつも丁寧で感じのいい笑顔を見せるだけで、貴史を詮索するような目で見ることはない。貴史以外に何人の男や女が出入りしているのか、たまに聞いてみたい誘惑に駆られるが、聞いたところで完璧な無表情のまま、わかりかねます、とかわされて終わるだろう。

いつからこんなふうに東原に対して独占欲を覚えるようになったのか、貴史にも定かではない。

好きになっても報われる相手ではないとわかっている。

東原にとって貴史は、単なる欲求の捌《は》け口でしかないのだ。もしくは、多少役に立つから体で繋ぎとめて子飼いにしている男、という程度のものだろう。

それなのに、気がつけば貴史は、東原を心の奥にまで入り込ませていた。

不毛だと自分でも思う。

最初は東原のような残忍で冷酷な人種は嫌いだった。ヤクザなど、弱者の血肉を啜って富を増やしているような、最低の人間だと思っていた。今でもそれは否定しないが、少なくとも東原には、知り合って日が経つごとに、そんな嫌悪感ばかりではない、人としての不思議な魅力があるのを感じだした。

決して東原は正義漢ではない。本質は筋金入りの極道だ。暴力行為を躊躇《ちゅうちょ》しないし、とことんまで誰かを追いつめて、仮にその誰かが自殺してしまったとしても、良心の呵責《かしゃく》など感じているふうではない。現在は大幹部にまで上りつめている男だから、直接自分が手を下して暴力を振るうとか脅しをするといったことはめったにないようだが、下がそういったことをしていると重々わかった上で黙認しているのは、自らがしているのとなんら差はない。いくら善良な一般市民には手を出さないなどと言っても、ほんの少しその枠をはみ出した哀れな愚か者たちをここぞとばかりに餌食《えじき》にするヤクザ本来の遣《や》り口は、とうてい容認できるものではない。

しかしそれを踏まえても、東原の魅力は強烈だった。

東原は、武闘派の荒々しさと穏健派の思慮深さ、そして高度な教育を受けた頭のよさを併《あわ》せ持っている。

きっちりと一本筋の通った言動をして、一度交わした約束は必ず守る。身内が危険に晒《さら》されれば身を挺《てい》して庇《かば》うし、逆に裏切り者はどんな幹部クラスでも容赦しない。きちんと自らの務めを果たしている者には、新米の使い走りであっても一目置く。

そういう些細なこと一つ一つが、子分たちの信頼と憧憬《どうけい》を集め、この親分の下につきたい、と熱望させるのだ。

貴史は東原に憧れて極道の道に入ったという者を何人も知っている。彼らのうちのほとんどは、東原の顔を見る機会もないまま、厳しい修行に耐えられず、数ヶ月もすれば逃げ帰っていく。

そして、歯を食いしばって耐え抜き、ついに構成員として認められた者は、それこそ東原のために我こそは役に立ちたいと考え、先を争うようにして尽くす。

東原には他の人間にはまねのできないカリスマ性があるのだ。

だから一度でも東原とかかわった者は、悪魔の虜《とりこ》になるように彼に囚《とら》われる。

貴史もその例に洩れなかった。

貴史が初めて東原と会ったのは、この部屋でのことだった。

もうあれから二年になる。

月日だけは確実にそれだけ経ったのに、今もこうして懲《こ》りずに、同じ場所で東原を待っているのが奇妙な感じだった。家具はすべて変わっていない。ベッドカバーも同柄だ。変わったのはきっと貴史の気持ちだけだと思われた。

東原が来るまでには、まだかなり時間があるようだったので、貴史は先にシャワーを浴びることにした。

貴史との関係に情緒などというものを配慮しない東原は、貴史が体を洗いたいと言っても、待とうとはしない。必要ない、とあっさり却下して、時間がないからぐずぐずと勿体ぶるな、と言わんばかりにのし掛かってくるのだ。

初めの二度ほどそんな扱いを受けて懲りたので、貴史は時間がありそうだと思ったら入浴しておくようになった。

風呂に入ってから待っていても、東原はまったく反応を変えなかった。

本気でどうでもいいようで、ただ、脱がせるのがバスローブ一枚だというのだけは、手間が省けていいと思っているようだ。

こんな酷い扱いを受けてもまだ関係を続けているのだから、貴史の辛抱強さは並ではない。自分でもほとほと感心する。

嫌だと言って断ろうと思えば、不可能ではないと思う。

貴史はべつに東原に弱みを握られて関係を強要されているのではない。それは彼の口からもはっきりと釘を刺されていた。

俺はおまえを脅しているわけじゃない、嫌なら来るな。

東原はとことん残酷だ。

貴史の気持ちに気づいていながら、こんなふうに牽制《けんせい》する。

いろいろと考えていると、落ち込みそうだった。

今夜は特に疲れている。

東原が大事にしている男を救うために、彼の恋人に協力して救出を成功させ、体力を使い果たしているのだ。

昨夜は一睡もしていない。

褒美をやろう、と言われて、またここに来てしまったが、考えれば考えるほど惨《みじ》めだった。

結局東原は自分が楽しむために貴史を呼んだだけではないかと思うのだ。それでも確かに貴史にとってはこれが一番の褒美かもしれないのだから、さぞかしお手軽でおめでたい男だと思われているに違いない。

広い浴室の大きなバスタブに湯を張りつつ、二つ並んだ洗面ボウルの一方で歯磨きをした。

目の前一面の鏡に、隠しようもない疲労感の滲《にじ》み出た貴史の顔が映っていて、こちらを見つめ返している。

クマが気になるが仕方がない。

どうせ東原は貴史の顔などろくに見もしないから気づかないだろう。

湯が溜まったのでカランを閉めてバスソルトをひと掬《すく》い投げ込んでおく。

そして、衣服を脱ぎ捨てると、先にガラス張りのシャワーブースに入った。

熱くしたシャワーを浴びて体に刺激を与える。

生き返るように気持ちがいい。

緊張の連続だった昨日から今日にかけて、無理をさせ続けてきた体が、やっと手に入れた心地よさに全身で喜んでいるようだ。

マリーナで別れた二人のことが脳裏を掠める。

彼らも今頃は自宅の風呂でゆっくりと手足を伸ばしているだろうか。

連絡を受けて迎えに来ていた社用車に、一緒に乗ってほしいと何度も誘われたが、貴史はこのまま別の用事が入っているので、と嘘をついて辞退した。

仲睦まじい二人を見ているのが、そろそろ本気で辛くなっていた。

彼らも紆余曲折《うよきょくせつ》があってようやくここまで来たのだと思うが、傍目《はため》から見ているだけだと、単に幸せそうな二人だとしか捉えられない。特にあんな恐ろしい目に遭《あ》った直後だから、片時でも相手を離したくないと思い合っているのが如実《にょじつ》に伝わってきた。また日を改めて会いましょう、と約束して別れたが、正解だったと思う。

彼らの関係と自分と東原の関係とを比べると、心が暗くなるのだ。

貴史は自分でこの気持ちにけりをつけなければいけなかった。

決して東原が悪いわけではない。

東原はただの一度も貴史になにか特別なことを期待させたり、匂わせたりしたことはない。

ただ貴史が東原を好きになってしまったから、こんなに苦しい思いをする羽目になっただけのことだ。

東原のことを考えながら、体の隅々までを洗い清めた。

清潔な石鹸の匂いに、少しずつ気分が和んでくる。

少なくとも、東原は貴史の能力だけは信頼し、買ってくれているのだ。だから今回も躊躇せずにこの件を任せた。

もう少しの間はそれだけでも我慢するべきだろうか。

そして、とうとう我慢できなくなったら、そのときにまた進退を悩めばいいのかもしれない。

シャワーブースを出て、準備万端整えておいた大理石のバスタブに身を沈める。

このまま眠ってしまいたくなった。

瞼が何度も閉じかけては、はっとして顔に湯をかけた。

こんな大きな風呂で寝てしまったら、頭がずれて沈み込み、溺《おぼ》れてしまう。

そうなる前に外に出て、バスローブを羽織った。

濡れた髪にタオルを掛けたまま窓辺に行くと、眠らない大都会の夜景が眼下いっぱいに広がっている。

貴史は感嘆して、しばしそれを見つめた。

昼間はごちゃごちゃとして猥雑《わいざつ》なだけに感じられるこの街も、夜の帳《とばり》が降りるとこんなにも幻想的で美しく見えるのが不思議だ。何度見てもそう思う。

夜は人に錯覚を与えて、ひとときの夢をくれる。

東原との逢瀬《おうせ》も、その一つなのかもしれない。

夢は夢と割り切らねば自分を不幸にするだけだ。名残《なごり》惜しい気持ちはあったが、いつまでも濡れ髪でいると風邪をひきそうだったので、窓辺を離れた。

髪を乾かし終えてから、ソファに座ってビールを飲む。

普段はめったに飲まないが、今夜は飲みたい気分だった。ただし、すぐに酔ってしまうので、グラス半分だけにして、残りが入ったままの缶はミニバーのカウンターに置いてきた。

風呂上がりに夜景などを眺めたものだから、雰囲気に酔わされたのだろう。

大学の頃までは、コンパや打ち上げやなにやと様々な理由をつけて、しょっちゅう飲み会に連れ出されていた。

当時から酒には弱かったが、女の子がいる手前無理をして飲んで、後で二日酔いになってさんざんな結果になることが多かった。

今考えるとばかみたいだ。

あの頃はまだ、今ほど冷静に物事を判断できなかった。いわば、青かったのだ。自分の限界を知らないで、無闇に周囲と合わせようとばかりしていた。

女性との交際も、実はその一つだったのだろう。

最初の彼女は、向こうから告白され、人並みに付き合わなければいけない気分になって、了承した。当然そんな付き合いが長続きするはずもなく、二ヶ月ほどで破局になったが、幸か不幸か貴史はそこそこにもてたから、付き合って欲しいと言ってくる女の子は他にも何人かいた。法学部内では成績優秀な学生で通っていたし、性格は穏やかで優しく、態度は紳士的で上品、容貌もいわゆる綺麗《きれい》な印象だとかで、文句なしの理想の男、という評価だったらしい。

度重なる出会いと別れを繰り返しながら、気がつくと大学は卒業していた。

司法試験には残念ながら現役合格まではできなかったので、その後も引き続き自主的に勉強し続けて、卒業して二年後に無事資格を手に入れた。これでもかなり若くして通ったほうだ。

受験勉強をしている最中と、合格してから修習所に行っていた間には、誰とも付き合わなかった。

その頃にはようやく、女性といるのがあまり好きではないのだと気づいていた。

だからといって男と付き合おう、と短絡的に考えたわけでもなかった。

恋など今は必要ない、そんな気分でいただけなのだ。

しかしまさか、こんな救い難《がた》い恋を自分がするとは、夢にも思わなかった。

貴史はビールグラスをテーブルにのせ、ソファに横向きに座り直して両足を伸ばした。ソファは幅も大きさもゆったりとしている。

そこでこちこちに強ばっている脹《ふく》ら脛《はぎ》をマッサージした。

日頃の運動不足が祟《たた》っているのかもしれない。普段使わない筋肉をちょっと使うと、すぐに凝《こ》ってしまう。

来年は三十になるのだな、とあらためて思った。

考えてみれば、東原はこんな歳になっている貴史をまだ抱いてくれるのだから、それだけでも希有《けう》なことなのかもしれなかった。東原が望むならば、どんな美男美女でも選り取り見取りのはずなのだ。

軽く筋肉を揉みほぐし終えてから、グラスに残っていたビールを飲み干した。

東原はまだ現れない。

貴史の瞼は次第に重くなってきた。

なまじ酒が入っているものだから、今度はなかなか眠気に逆らえなかった。

クッションを頭の下に入れ、ソファに体を伸ばして、少しだけ、と目を閉じる。

そのまま貴史はたちまち睡魔に眠りの彼方まで連れていかれてしまった。

新宿《しんじゅく》のシティホテルにいるクライアントに至急書類を届けてきてほしい、貴史は勤務している弁護士事務所のオーナーである白石弘毅《しらいしこうき》弁護士にそう頼まれ、ホテルにやってきた。部屋番号も聞いている。

「白石の使いだと言って、部屋にいる男に書類を渡したら、すぐに戻ってくるんだ」

二度も念を押されて、貴史は部屋をノックする前から訝《いぶか》しく感じていた。

いったいどういう相手なのかなにも知らなかったのだ。

確かに白石は、普通の弁護士なら引き受けるのを躊躇《ためら》うような暴力団関係者の訴訟などを、日頃から数多く手がけていた。そのため一部ではヤクザの顧問弁護士などと陰口を叩かれてもいたが、貴史にとっては恐ろしいくらい頭の切れる有能な先輩弁護士、という認識しかなかった。

白石も、暴力団関係者との関わりは極力自分一人しか持たないように気を遣っていた節があり、事務所に勤める貴史のような新米弁護士には、ごく普通の民事訴訟ばかりを担当させていた。

本来ならば自分が出掛けていくはずだったところに急な来客があって、出るに出られなくなった白石が、やむなく貴史に頼んだのだ。

貴史が指定されたドアのチャイムを押してしばらく待っても、なんの応答もない。

いないはずはないけど、と思いつつ、また続けて押すと、いきなり左隣の部屋のドアが開いた。

「その部屋に何の用だ」

廊下に出てきた大柄な男に詰問《きつもん》され、貴史は驚いて後退った。

男の全身から不穏な空気が漂っている。疑り深そうな恐ろしい目つきで睨《にら》みつけられると、まともに返事もできなくなる。黒いスーツを着た堂々たる体軀《たいく》は、一通り武道の嗜《たしな》みがあることを窺わせ、およそ隙を感じさせない。普通の男ではないとすぐにわかった。

貴史がその場に立ち竦《すく》んだまま男と対峙《たいじ》しているうちに、やっと目の前のドアが開いた。

「なにをしている」

すらりとした長身の、苦み走った印象の顔立ちをした男が、鋭い語調で二人の間に割って入る。彼が貴史をほんの一瞥《いちべつ》だけしたとき、貴史は心臓を引き絞られるような緊張感に包まれた。彼の醸《かも》し出す雰囲気は、黒スーツの男に感じた恐ろしさの比ではない。提げていた書類鞄《かばん》の持ち手を強く握りしめて、その場に踏みとどまる勇気を振り絞った。

「こいつは弁護士だ」

名乗りもしないうちから確信的な口調で言い当てる。

彼はフン、と傲慢《ごうまん》そうに顎《あご》をしゃくって、貴史がスーツの襟につけている弁護士バッジを指す。

たちまち大男の顔が気まずそうに顰《しか》められる。

「いいから引っ込んでろ」

「はっ。お騒がせして申し訳ありません」

隣室のドアが閉まって大男は姿を消した。

貴史は目の前の男を見た。

三十代後半くらいだろうか。張りのあるなめらかそうな肌は浅黒く引き締まっており、尖った鼻や眼窩《がんか》の深い切れ長の目が目立つ。自然に後ろに流した髪はいかにも硬そうだった。

身につけているのは喉元のボタンを外したワイシャツとズボンだけだが、どちらもぴったりと体に合っていて、オーダーメードの一級品なのが窺える。装身具の類は目につくところには着けていない。時計さえしていなかった。

「おまえ、白石の使いだな?」

酷薄《こくはく》な印象の唇が動く。

貴史はどうにか気を取り直すと、はい、と答えた。

相手もじろじろと冷徹な目で貴史の全身を品定めしている。貴史は居心地が悪くて堪らなかったが、緊張していて身動《みじろ》ぎすることもできなかった。

「入れ」

不意に男が踵《きびす》を返す。

貴史は呪文を解かれたようにはっとして、慌てて閉まりかけていたドアを押さえ、中に身を滑り込ませた。

部屋は、八十平米はあると思われる豪勢なものだった。大きなダブルベッドの手前にある広い空間に配置されているのは、立派な応接セットと窓際のオットマン付き安楽椅子、ミニバーとAVシステムなどだ。

応接セットには四十代後半か五十代くらいの肉付きのいい男が一人、項垂《うなだ》れた様子で座っていた。膝の上に置いた太い指が覚束なげにぶるぶると震えている。

貴史が来たので中断されていたらしい会話がまた再開されるのに、酷く怯えているようだった。見たくないものを見せられたような暗鬱《あんうつ》たる気分になり、貴史は急いで鞄の中から事務所の名入り封筒を取り出した。

「あの、これをお渡しするようにと、白石が」

しかし男は貴史を無視してさっさと震えている男の前に座ると、欧米人がするようにテーブルの上に靴のままの両足を投げ出した。

「少し待っていろ」

男は貴史を見もせずに有無を言わせぬ口調で命令した。

貴史はどうすればいいのかわからず、手に持った封筒を当惑した面持ちで見下ろす。一刻も早くこんな部屋は退散してしまいたかったが、待てと言われた以上、封筒を放り出して帰るわけにはいかない。そんな勇気はとてもなかった。

「おい、天沼《あまぬま》さんよ」

脅しの利《き》いた怖い声に、冷や汗をだらだらと流している男が竦み上がる。

「話を続けようじゃないか。俺があんたに預けて使い道を任せていたあの建物、いったいどうしてくれるんだ、え？」

「か、勘弁してください、東原さん」

天沼の声はほとんど消え入りそうだった。

貴史も息を呑んでこの場のなりゆきを見つめていた。

東原、の名前は耳にしたことがある。川口組《かわぐちぐみ》傘下でも大手の東雲会《しののめかい》を率いていた筋金入りの極道だ。現在は本家の若頭を襲名し、知る人ぞ知る男だった。

この男が、と貴史は総毛立つ思いを味わった。

どうりで白石が用事をすませたらさっさと帰ってくるように、と何度も念を押していたはずだ。白石は決して事務所の人間をヤクザと関わらせるようなことを進んでしたがる男ではない。弁護士としてあえてマイナスイメージを背負うのは自分の信念からしていることで、それを他の者にまで強いるつもりはないのだ。たぶん、どうしても至急で届けなければならない書類でなかったなら、時間をずらしてでも自分が直接持っていったのだろう。

経緯はどうであれ、貴史には今この場を逃れる方法はなかった。

なぜ東原はさっさと書類を受け取って、無関係なはずの貴史を追い出さないのかわからない。貴史がいても邪魔になるだけのはずだ。天沼も第三者が入ってきて、さらに居心地が悪くなった様子でいる。

「どうしても銀行が今以上の融資をしてくれないんですよ」

天沼は泣き出しそうになっていた。

「何度も頭を下げに行ったんですが、担保《たんぽ》物件の売却をする方向に話がいくばかりで……。メインバンクがそんなふうだから、余所《よそ》もそれに準ずるとしか言ってくれない。このままじゃあうちは潰れてしまうってのに、取りつく島もないんです」

「潰されちゃ困るんだよ、こっちもな！」

東原は天沼を険悪な目つきで睨み据《す》え、低く押し殺したぶん迫力の倍加した声で脅しつける。

「おまえの持ってる他の会社や物件がどうなろうと、それは俺の知ったことじゃないがな、おまえを信じて預けた例の物件を、のこのこ競売にかけられたりしてみろ。きさまは間違いなく海に沈むぞ。いいか、銀行がだめなら、他で借りてきてなんとかしろ」

ひいいっ、と天沼が縮み上がる。

「最初は調子のいいことばかりぺらぺら喋《しゃべ》りやがって。だいたいあのビルはな、あの当時売り払おうと思えば、いくらでも買い手は探せたんだぞ。それをきさまが、収益の一部を渡すから経営を任せろ、と大見得《おおみえ》を切ったんだろうが。そのくせ、おまえが言っていた金額が実際に俺の懐《ふところ》に入り込んできたのなんか、ほんの一年ばかしの間だけだったじゃねぇか」

ケッ、と東原は苦々しく吐き出す。

「中山《なかやま》の叔父貴の紹介だからってんで断れなかったが、俺もいい面《つら》の皮だ。それとも、叔父貴と組んで俺をいっぱい食わせるつもりだったのか？」

「め、滅相もない！」

天沼は大きく頭を振って、たるんだ二重顎を震わせた。

顔色は紙のように蒼白になっている。

「お願いです、東原さん」

とうとう天沼は椅子から下りて絨毯《じゅうたん》に座り込み、土下座した。

東原はそれを冷たく見下ろす。

「今はどうにかこうにか利息だけ払って、なんとか銀行を宥《なだ》めているところです。もう少し堪《こら》えてもらえませんか」

今が正念場なんです、と天沼は必死の形相で訴える。

「下手に街金に手を出せば、それこそわたしは身の破滅です！」

貴史は聞いているのも嫌だった。

だいたいの事情は察せられたが、東原には温情などというものを示す気は皆無らしい。淡々とした冷酷な調子で突っぱねる。

「待つの待たないのを今さらあんたと話す気はないんだよ。現に俺はここ一年、利益を棒に振って黙認してきてやっただろうが。先の見通しが何一つ確かじゃないのに、これ以上俺に何を待てと言うつもりだ？」

天沼は項垂れているだけで、返す言葉がないようだ。

「あんたの選択肢は二つだ」

東原はテーブルから足を下ろして立ち上がり、天沼が手を突いている数センチ手前の絨毯に、ドカッと片足を踏み出した。天沼はガタガタと震えて歯の根も合わなくなっている。

東原には情けをかけて容赦する気持ちなど微塵もないのだ。

「一つは、さっきから言っているように、街金から金を借りてどうにか事業を立て直し、銀行の借金を返済することだ。そうすればあのビルは売り払われずにすむ。そして当初の試算で弾き出してみせていた、俺に回すはずの金額を、耳を揃えて持ってこい。そうすれば何も問題はないんだ」

そこで東原はわざと間を空けて天沼の反応を見ていた。

天沼はカチカチと歯を鳴らしているだけで、微動だにしない。

貴史は、だんだんと吐き気をもよおしてきた。

なんて男、と思ったのだ。

東原の言っていることはあまりにも無茶だった。銀行にも匙《さじ》を投げられた天沼がたとえ金を借りられたとしても、その利息は銀行の何倍になるかしれない。そんな支払いはとてもできるはずはなく、天沼はさらに自分の首を絞めることになる。

「もう一つは、とっとと人生諦めて、俺の損失を埋め合わせるだけの金額を自分で作ることだ」

東原は唇の端を吊り上げ、残忍に笑ってみせた。

「俺は親切な男だからこのやり方を選ぶんなら手伝ってやる。生命保険に入って交通事故死する手もあれば、臓器を売り払って大金に変える手もある。ああそうだ」

東原はたった今思い出したというように、腰を折って天沼の頭上に顔を近づけた。

天沼はますます額を絨毯に擦りつけ、太った背中をぶるぶる震わせた。

「そんなに自分の身が可愛ければ、娘を売り飛ばすって手もあるぜ」

「もうやめてください！」

たまらなくなって、貴史は後先考えずに叫んでいた。

東原が貴史を振り返り、スッと目を細める。

たったそれだけなのに、貴史は恐ろしくて身動きできなくなった。思わず口を衝《つ》いて出てしまった言葉をどれほど後悔しても、もう取り消せない。

天沼もおそるおそる顔を上げ、貴史を見ていた。

「やめろ、だと？」

東原は面白そうに唇を跳ね上げると、真っ直ぐに貴史の方に歩いてきた。

すぐ目の前に彼の長身が立ち塞がる。

貴史はここで東原に謝るべきかと悩んだが、彼のふてぶてしい顔つきの中にはっきりと浮かんでいる揶揄《やゆ》するような表情を見つけると、悔しさが先に立ち、唇を一文字に引き結んで睨み返してしまった。

「なかなかどうして、顔に似合わずきつそうな性格の弁護士さんだな、おまえも」

「あなたが言っていることは完全な脅迫です」

「それがどうした」

東原がいきなり腕を上げ、貴史の頬に手を近づけてきたので、貴史は一瞬硬く目を閉じた。殴られる、と思ったのだ。しかし、東原は手の甲で貴史の頬を不気味に優しく撫でただけだった。

「口ほどにもない。睫毛《まつげ》が震えてるぜ」

目を開けると、真っ向から東原の鋭い目とぶつかった。

東原は不敵に笑う。

「それとも、おまえに何か策があるというのなら、聞こうじゃないか。万一それで俺を納得させられれば、あの男を勘弁してやるぞ。どうやらおまえは、見も知らぬ初対面の男が不慮の事故で死ぬのがよほど嫌らしいからな」

不慮の事故、などと厚かましいことを平気で言う東原に、貴史はいよいよ憤《いきどお》りを感じた。こうなったら、なにがなんでもこの傲慢で横暴で冷酷な男の鼻をあかしてやらねば気がすまない。

弱者をいたぶるような遣《や》り口は、我慢できなかった。

「一つだけ、今わたしに思いつける方法があります」

貴史がしっかりした口調で言うと、ほお、と東原が興味深そうに眉を跳ね上げる。

まだ絨毯に座り込んでいた天沼も信じられないような面持ちでこちらを窺っている。

もう後には退けなかった。

白石が憂慮していたのはこんな事態になることだったのかもしれないが、たとえこの場にいたのが彼だったとしても、迷わず同じ行動に出たと思うのだ。

「はっきり言って、フェアなやり方と断言はできません。実行するにはあなたの協力も必要かもしれない。それを踏まえた上で僕の考えを聞いていただけるなら、説明します」

「いいだろう」

東原が貴史に来い、と顎をしゃくり、応接セットに三人であらためて落ち着いた。

体の震えはもうなかった。

貴史は自分がいざとなればこんなにも肝《きも》の据わった行動を取れる男だったのだと、我ながら驚いていた。


貴史の提案は、抵当権付きの物件をそのまま第三者に譲渡してしまう、という、一般常識からはとうてい考えつきもしないやり方だった。

「ほ、法に触れないんですか……」

不安そうに聞く天沼に、貴史ははっきりと頷いた。

「こういう事項に関しては、法律上は一言も触れられていないんです。つまり、普通は起こり得ないはずのことだからです」

抵当権のついた物件の名義を、権利者に黙って書き換えようなどと考える人間は、まずいない。しかし、このことが禁止事項として明記されているのかと言えば、これが、されていないのだ。つまり、してはいけないと決められてはいない、ということになる。法に違反するというのは、成文化された規則に反する、という意味だ。これを逆手に取ってしまえば、文章として明記されていないことは、どれほど一般常識に反していても、違法ではないことになる。

「ここに法律の抜け道があるんです」

貴史は少しずつ顔色を取り戻してきた天沼を勇気づけるように微笑した。

東原は隣でふんぞり返って腕組みしたまま、一言も口を挟まない。

「この思いきったやり方には、もう一人協力者が必要です。銀行に対して確信犯的に行動を起こし、物件を安値で買いたたく設定の人物です。ごねると厄介そうな人間で、銀行も妥協案を呑みそうな特殊な人がいいです」

あなたの知り合いにたくさんいるでしょう、という目で貴史が東原を見ると、東原もギロリと怖い目で貴史を見返した。

「俺に協力しろと言うのはそのことか」

「そうです」

貴史は怯まずに説明を続けた。

「天沼さんはその人物から融資を受けたことにします。彼は見返りに東原さんのビルを譲渡担保にしろと要求する。もちろん抵当に入っているのは承知で、銀行から物件をだまし取るための確信犯的行動です。天沼さんとしては、その人物の背後にいる組織が恐ろしくて、渋々言いなりになったことにするのです。いざ銀行が競売にかけようとしたときに名義が変わっていることがわかって説明を求められたら、怖かったので言いなりになった、で通してください。そして、もうその物件は向こうに譲っているので、向こうと話してくれ、と突っぱねます」

「そ、それで……?」

天沼の顔に少し血の気が戻ってきている。

「銀行は彼と話します。その物件は抵当に入っているので返してもらわないと、と当然言うでしょう。しかし男は普通の人間ではないので、ごねます。ごねた挙げ句、裁判所が決めるだろう競売価格で自分が買い取る、と言うのです。今、不動産の価値は急落しています。その物件の価値も、融資を受けたときより下落しているのなら、競売価格は融資額より下回るでしょう」

「半値以下だ」

東原が投げ遣りな調子で口を挟む。

貴史はちらりと東原の不機嫌な顔を見て、頷く。

「仮に一億の評価があった物件に対して、六千万分の融資を受けていたのに、競売価格が四千万だとすれば、銀行はなにもしなくても二千万近くの損をします。逆に融資を受けたあなたは、銀行が手を引くことで、二千万は不良債権として相殺される。第三者が四千万払うから抵当権を抜けと言うのなら、銀行も結局そのほうが新たな買い手を探す手間が省けるのです。最終的に、弁護士を通して話し合う、という方向に持っていっていただければ、あとは僕が仲介者として間に入り、すべての手続きをうまくやります。その後あなたは、なんとか事業を立て直して、今度はその知人の男に四千万の返済をするんです。他にも事業をお持ちなら、どうにかなるのではありませんか」

「そんなことが……本当にできるんですか」

天沼はまだ半信半疑だ。

「僕は可能だと思います。これは相手が銀行だからできることです。街金などが相手ならまったく通用しません。街金などには手を出したくないとおっしゃっていましたが、まさしく英断です。街金は遅れたら待ちません。しかし、銀行は待ちます。どうにかして払いたいのだ、競売はまだ待ってくれ、と言い続けて、とにかく誠意を見せるのがポイントです。銀行が待っている間は急いでこの計画を進める必要はありません。いざというときにすぐさま行動できるようにだけ準備して、様子を見ます。そのためにも、少なくとも利息分だけは毎月きちんと銀行に入れてください。できますか?」

「できる、いや、やらなけりゃいかんでしょう」

貴史は深く頷いた。

「今後も銀行から金を払ってくれという催促がきたら、わかりました、とおとなしくかわし続けてください。銀行に、水面下でなにか不穏な動きをしているのではないか、と気づかれては絶対にだめです」

「やってみます」

天沼もここに来て覚悟を決めたらしく、神妙な顔をしている。

「これはかなり長丁場になるやり方です。どうか焦らずに僕を信じてください」

こんな若輩の新米弁護士を、果たして天沼が信頼しきってくれるのか、貴史はその点を一番心配していた。結果を焦って不用意なことをしでかしてくれたら、なにもかもが水の泡になる。

しかし、天沼にはもう、貴史に縋るしか方法がないようで、真面目そのものの顔つきで、よろしく頼みます、と頭を下げた。

「いいだろう」

しばらくまた黙り込んでいた東原が、そこで口を挟んできた。

東原は天沼と貴史を交互に見た。

「そういうことなら俺ももう少し待ってやろうじゃないか。その第三者にする悪徳な男というのも、適当な奴に役を振ってやる。おまえはこいつが銀行を押さえてくれている間に、どうにかして業績を回復し、当初の目論見《もくろみ》どおりに事業を波に乗せて利益を出せ。俺は損をさせられなけりゃあとのことはどうでもいいんだ」

「ありがとうございます、東原さん！」

天沼はまた頭を深々と下げた。

「死に物狂いでやるんだな」

東原が長い足を組む。

貴史は、東原の生き生きとした満足そうな顔に、ふと、あり得ない邪推《じゃすい》が頭を擡《もた》げてきた。もしかすると、東原の手のひらで踊らされただけなのではないだろうか。どのくらい使える男なのかを試されたのではないのか。だから書類を受け取るだけで用事はすんだのに、わざわざここにいさせたのではないか、と次々に疑惑が膨らんでくる。

まさか、と貴史は変な考えを頭から追い払った。

今日が初対面なのに、東原がそんなことをするとは考えられない。

「これに懲りたら中山の狸《たぬき》親爺とは縁を切ることだ。おいしい話ばかりちらつかせて、どうせあとは知らん顔だったんだろうが」

「は、はぁ……」

「じゃあもういいから、とっととこいつと名刺交換したら失せろ。俺は忙しいんだ」

東原に促され、貴史は天沼と遅ればせながらの挨拶《あいさつ》を交わした。雇用主である白石になにも相談せず勝手なことをしているという後ろめたさはあったが、この期に及んでは退くに退けなかった。たぶん、白石も話を聞けば渋面を作りながらも仕方がないと了解してくれるだろう。

何度も何度も頭を下げながら、天沼は帰っていった。

貴史はようやく東原と二人になると、当初の目的である書類を差し出した。

「あの、これを」

東原は、ああ、と面倒くさそうに受け取ると、中身を確かめもせずにテーブルの上に放り出した。

そしていきなり立ち上がると、ミニバーまで歩いていった。

「なにか飲むか」

「あ、いえ、僕は結構です」

それよりももう帰りたいのだが、なかなか帰ると言い出しにくい雰囲気になっている。いちおう直帰の予定で出てきたので事務所のほうは問題なかったが、貴史は精神的に相当疲れていた。

東原は黄金色の液体が入ったグラスを持って戻ってくると、安楽椅子には座らずに、貴史の真横に立った。

「おまえ、名前は?」

貴史は威圧感でじっと座っていられなくなる。

「執行《しぎょう》貴史です」

ようやく東原は貴史の名前を自分でも聞く気になったらしい。

だが自分は名乗ろうとせず、グラスの中身を一口飲んだだけだった。

ウイスキーかブランデーかわからないが、こんな強そうな酒をストレートで飲むのを見ていると、自分の胃まで焼けるような気がする。

「さっきの話だがな」

「はい」

貴史は神妙に返事をした。

東原の口調に、少しだけ嫌な予感がしたのだ。

「結局おまえのやり方で片をつけるとすれば、どのくらいかかるわけだ?」

「全部綺麗になるには、五年ほどかかるかもしれないです」

正直に答えたのだが、心持ち声が掠れてしまう。

おぼろげながら東原の言いたいことが察されたのだ。しかし、東原が何を求めてくるのかまでは見当がつかなかった。

「最終的に、第三者からもう一度名義を書き換えるには、銀行の帳簿から物件の記録が完全に抹消されるのを待たねばなりません。それには、五年かかると思います」

「その間、俺はなんのメリットもなしにおとなしくお預けくっていろ、というわけか。そりゃあ少し甘くないか、貴史?」

東原はいきなり貴史を馴れ馴れしく名前で呼び捨てた。

本当ならばここで貴史が東原の言いなりになる理由は一つもない。貴史は親切心から天沼のために動こうと申し出ただけなのだ。それなのに見返りのようなものを要求されるとはあまりにも筋違いだ。

だが、ここでもし貴史が突っぱねれば、東原はまた機嫌を悪くして前言撤回し、天沼に死ねと言う気かもしれない。

貴史は唇を嚙んだ。

「僕に、どうしろとおっしゃるんですか」

「抱かせろ」

東原は回りくどいことはいっさいなしに言った。

あまりにも直接的な言われ方だったので、貴史は一瞬言葉の響きだけが耳を通り過ぎ、意味を摑むのにしばらくかかったほどだった。

「どういう意味ですか。僕は男です」

「それがどうした」

「そんな、そんなこと、したことがありません」

頭の中が混乱してしまい、貴史はどうしていいのかわからなくなって、縋るような目で東原を見上げた。

東原はもう一度グラスの中身を呷《あお》ると、そのまま貴史の顎に手を掛けて顔を上向きに固定させ、腰を屈めて唇を合わせてきた。

「う……」

強引に唇でこじ開けられた口の中に、強い香りと刺激のアルコールが流し込まれてくる。逃れて吐き出そうとしたが、東原は強い力で貴史の顎を押さえつけていて離さない。一筋だけ唇の端から流れ落ちた以外は、すべて飲まされた。

喉がたちまち熱くなる。

それだけでも息苦しくてたまらなかったのに、東原はまだ唇を合わせたまま、強い酒の余韻が残る舌で貴史の口の中を舐め回した。

「いや……あ……」

息継ぎの合間に哀願するが、東原は聞き入れなかった。

長くて濃厚なキスからやっと解放されたとき、貴史は抵抗する気力を半減されていた。

「立て」

腕を引かれて立ち上がらされる。

まだキスの余韻と事態の唐突さにまともな思考力を奪われている貴史を、東原はキングサイズのダブルベッドまで連れていった。

軽く突き飛ばされてベッドに尻餅を突いたところをシーツに押し倒された。

東原は貴史の薄い胸板をやすやすと腕一本で押さえ込んで、起き上がれないようにした。そうしておいてまだ片手に持っていたグラスの中身を全部呷ると、グラスを毛足の長い絨毯の上に投げ落とし、また貴史の唇を塞ぐ。

「ううっ」

さっき喉を焼いたばかりの酒がまた強制的に送り込まれてくる。

今度のキスも執拗《しつよう》だった。

貪《むさぼ》るように口の中を舌で蹂躙《じゅうりん》し、何度となく唇を吸い上げ、隠れようとする舌を搦《から》め捕《と》って引きずり出し、強引に自分の口の中に取り込んで吸い尽くす。

貴史はキスしただけでぐったりと力無くシーツに横たわり、指一本持ち上げるのも億劫《おっくう》になっていた。酒には弱いので、その影響もあるかもしれない。

東原が貴史の目に湧いてきた涙を、綺麗に手入れされた指で乱暴に拭い取る。

「おとなしくしていれば、すぐに終わる」

勝手なことを言って、貴史のネクタイを緩める。

絹が滑る独特の音がして、ネクタイはあっという間にワイシャツの襟から引き抜かれた。

貴史はほとんど無力だった。

ここでもし逆らったとしても、隣には強面《こわもて》の腕に覚えがありそうな護衛が待機している。ここは隣とドア一枚で繋がっているコネクティングルームだ。東原が一声かければ、すぐさま飛び込んできて、最悪の場合は彼に押さえつけさせたまま無理やり犯されるかもしれなかった。

そんなことは考えただけでも恐ろしい。

このままおとなしく抱かれるほうがどのくらいましかしれない。

貴史が諦めて体から微かに強ばりを解くと、東原は鼻で笑った。

なにもかも自分の思いどおりになるので、楽しくなったのだ。

「おまえは思った以上に素晴らしかったぜ」

東原は貴史の喉元を想像以上に優しい指使いで撫でる。

信じられないが、東原の指はとても気持ちよかった。

「さすがは白石のところにいるだけある」

やはり、試されたのだ、と貴史は確信した。

東原は貴史を一目見てなぜか知らないが興味を持ち、どの程度役に立つ男なのかを見定めようとしたのだ。それで必要以上に天沼を苛《いじ》めてみせたのかもしれない。

貴史は東原の狡猾《こうかつ》さと横暴さに辟易した。

こんな男とかかわり合いになるのではなかったと激しく後悔する。最初にドアが開いて東原と顔を合わせた時点で、書類を押しつけて即座に退散すればよかったのだ。

なぜ、のこのこと東原の背中について室内に足を踏み入れてしまったのだろう。

自分の気持ちが不可解だった。

あのとき悪魔に背中を押されてしまったとしか思えない。

東原は手慣れた要領のよさで貴史を裸にした。自分は靴を脱ぎ捨てただけで、ベッドに乗ってくる。どうやら脱ぐつもりはなさそうだ。

ベッドサイドの引き出しには準備よくローションが入れられており、東原はそれを手にとって、貴史の尻の間を濡らした。それだけならまだしも、自分でも触ったことのない部分を東原に揉みほぐされ、湿った指を入れられたとき、貴史は屈辱感に喚《わめ》きたくなった。

早く終わってほしかった。

腰だけを高く上げて這わされた恥ずかしい姿勢でシーツにしがみつき、それだけを願っていた。

東原は乱暴にするつもりだけはないようで、もういいから、と哀願したくなるほど丁寧に貴史の奥を解すと、ようやく前のファスナーを下げた。

ファスナーを下げる音がこれほど生々しく聞こえたのは初めてだ。

貴史はきつく目を閉じた。

十分に濡らされた襞《ひだ》に熱くて硬い先端が押し当てられる。ぞくぞくと肩が震え、思わず体を前にずらしかけたが、がっちりと腰を摑んで引き寄せられた。

「怖いか」

貴史が虚勢を張らずに頷くと、東原は貴史の背中を宥めるように撫でた。

合意とはとても言えない行為を平気でしようとしているくせに、奇妙に優しい。

貴史は戸惑うばかりだ。東原の気持ちがまるで理解できない。

「息を吐け」

東原は貴史の尻を左右に分け、入り口の襞を捲り上げるようにしてから、凶器のように硬くなったものを押し込んでくる。

「あぁぁあっ」

思わず瞳から涙が零れた。

狭い筒を無理やり押し広げられる痛みと、初めて経験する異様な感触に、とても平静ではいられない。

奥深くにまで入り込んでこられ、内臓が迫り上がるほど苦しくなる。

このまま女性を相手にするときのように抽挿《ちゅうそう》されれば、内側から壊されるのではないかという恐怖に体が竦んで硬くなった。

「そんなに俺を食い締めるな」

東原が貴史の前を手の中に握りしめ、萎《な》えていたままのものを柔らかく揉む。

「あっ、あっ、あ」

敏感な部分を直接弄《いじ》られて、貴史はたちまち脳髄が痺れるような快感を覚えて呻《うめ》いた。巧みな手淫に瞬く間に勃ち上がる。

貴史の体から強ばりが取れると、中の東原もゆっくりと動きだした。

前と後ろとを同時に責められる。

貴史は痛みと快感を交互に感じて、泣きながらシーツに顔を埋めた。

初めての経験とは信じられないほど気持ちよくなれた。

たぶん東原が慣れていたせいだろうが、貴史は自分の口から出る喘ぎ声のはしたなさに、恥ずかしくて死にそうだった。

東原は貴史の紅潮した横顔を指で撫でつつ、気持ちいいか、と勝ち誇ったように聞いた。

いいえ、と貴史は強情に認めなかったが、東原は愉快そうに笑い飛ばしただけだった。


気がつくと、ベッドの中で一人、寝かされていた。

部屋は暗くしてあり、すでに東原の姿はない。

できることなら悪夢だと思いたかったが、貴史は体の奥にはっきりと残る疼痛《とうつう》を意識して、起き上がりかけた体を再びシーツに戻した。

カーテンは開けられたままだったので、高層ビル群の明かりが見えた。

ずいぶんと眠り込んでいたらしい。

悔しさに涙が一筋だけ零れてきた。

なぜか、貴史は東原が恨めなかったのだ。理不尽極まりないことを言って、これほどの屈辱を強いた男だというのに、嫌悪感以外の感情が芽生えている。宥めるような優しい指使いにほだされたせいだろうか。あんなものは単なる懐柔《かいじゅう》手段に過ぎないのだろうが、貴史の胸は心ならずも熱くなってしまう。

東原との行為を思い出しては胸が震えた。

二十七にもなった男を相手にその気になる東原も相当な物好きだ。いったいどの段階からそんな気分になっていたのか知らないが、貴史は東原が含みのあるセリフを吐き出したときまで、まるでこんなことになるとは想像していなかった。せいぜい金か、難しい裁判の弁護を押しつけられるのか、その程度だと思っていたのだ。

これは一度で終わるのだろうか。

貴史は当然ながらそのことを考えないではいられなかった。

天沼とかかわるからには、今後も東原に会う機会はないとは言いきれない。そうなれば、天沼の一件が片づくまでの間、今夜のようにして貴史を抱くつもりでいるのかもしれない。しかしそんな酔狂《すいきょう》な男だろうか。

貴史は自分がどっちを望んでいるのかもあやふやだった。

もう二度と東原とこんな行為をするのはご免だとも思うし、反面、また抱かれても自分は抵抗できないに違いないとも思う。

急に水が飲みたくなった。

ゆっくりと寝台から足を下ろして立ち上がる。体の奥には東原が注ぎ込んだ残滓《ざんし》があり、動いた拍子につーっと太股の内側を不快なぬめりが滴《したた》り、伝い落ちた。初めて経験する不快感に、貴史は唇を嚙み、浴室のタオルで拭い去った。

犯されたのだ、とあらためて思い知らされる。

これは東原が貴史を征服したという証《あかし》なのだ。隣室では護衛が耳を澄ませていたかもしれないのに、女のように抱かれて喘がされ、あられもないことを数多く口走って自分も果てた。男としての矜持《きょうじ》を粉々にされた気分だった。それでもやはり、東原への憎しみよりは、無力な自分への情けなさばかりを感じる。

奥を清めて一息つくと、全裸のままで応接セットのあるスペースに出ていく。

こちらも絞った明かりがつけられていて薄暗くされていた。

冷蔵庫を開けようとしたとき、ミニバーのカウンターに紙片が置いてあるのに気づいた。無造作に携帯電話の番号だけが記されている。

誰の、という疑問はなかった。

東原は、今後も貴史と会うつもりなのだ。それも、事務所を通してではなく、貴史個人と、である。それがなにを意味しているかは明白だった。天沼の件は抜きで、今度は自分の意思で連絡して抱かれに来い、と傲慢極まりないことを言っているのだ。

貴史は紙片を一度手の中でくしゃりと丸めた。

丸めたくせに、どうしてもすぐ傍《そば》にあるゴミ箱に叩き込めなかった。

もう一度開いて、書かれている数字を覚えた。

そして、応接テーブルの上にあったマッチで紙片に火をつけ、灰皿の上で燃やした。

貴史は初めて後ろめたい秘密を持った気分だった。

白石に天沼の件は話せても、東原のことは話せない。もしかすると勘の鋭い白石は気づくかもしれなかったが、貴史がすべてを承知しているのなら、口を出してはこないだろう。

この先どうなるのかはまだなにもわからなかったが、貴史は自分がすでに東原という男に惹かれてしまい、気持ちを捕まえられてしまっていることを、薄々自覚していた。

氷がグラスに触れる微かな音で目が覚めた。

貴史は慌ててソファから身を起こし、すぐそばの一人掛け用の安楽椅子に座っている東原の姿に驚いた。

「いらしてたんですか」

「少し前にな」

東原は無愛想な顔つきのまま答えた。一風呂浴びたらしくガウン姿でいるから、結構前からこの部屋にいたのだ。少しも気がつかなかった。

「すみません、眠り込んでしまいました」

乱れた髪を掻き上げつつ貴史が謝っても、東原は何も答えずロックグラスを傾けて中身を飲む。

東原と出会ったときのことを夢に見ていたようだ。起きた途端《とたん》にぼやけて曖昧《あいまい》になったが、胸が詰まるようなせつなさを覚えている。

貴史は急に自分も酒が飲みたくなった。

「……僕も、いいですか」

東原が訝しそうに視線だけ上げる。

「酒か？　ふん、珍しいな」

貴史は新しく自分の分を作るつもりだったのだが、東原が手にしたグラスを差し出してきたので腕を伸ばしてそれを受け取った。軽く指と指が触れ合う。貴史はそんなことにも心拍数を上げてしまうのだが、東原は触れたことにも気づかないような無表情ぶりである。

東原が飲む酒はいつも同じものだ。貴史もこの味にだけは少し慣れた。美味しいとまでは思わないが、たまに酔いたいとき、嗜む程度に飲むにはちょうどいい。

東原のグラスを飲み干すわけにはいかないので、貴史は立ち上がって東原に近づくと、グラスをもう一度戻そうとした。

そのグラスに指を伸ばす代わりに、東原は貴史のガウンの紐を引っ張り、前を開いてしまった。

「東原さん！」

いきなりの行動に、貴史は狼狽《ろうばい》する。

待ちくたびれて不機嫌なのだろうか、と思った。それならば起こしてくれればよかったのだ。

「残りを俺に飲ませろ、貴史」

相変わらずの横柄さで東原が命令する。

貴史はグラスの中身を口の中に含み、座ったままの東原の唇をぴったりと塞いだ。東原が待ちかねたように口を開いて舌を出してくる。何度しても淫靡《いんび》な大人のキスだった。

東原の舌に導かれるようにして、少しずつ口の中の酒を移し替えていく。

この濃厚なキスはいつも貴史を深く酩酊《めいてい》させた。

むしろ単純にグラス一杯の酒を飲むより、ずっと効くかもしれない。

ウイスキーがすべてなくなっても、キスは続いていた。

東原は貴史の腰を引き寄せて膝の上に座らせた。両足を東原の右の肘掛けに上げさせられ、完全な横座りの形になる。前を開かれているせいで素足が剝《む》き出しになり、半ば勃っている前を隠すこともできない。

キスをしながら東原は、貴史の硬くなっている胸の突起を弄った。

痺れるような快感が下半身に直接繫がり、貴史を堪らなくさせる。

息継ぎの合間に色めいた声で喘ぐと、東原はますます指の動きを熱心にして貴史を苛めた。

「……いや、あっ、……あ」

東原のバスローブに縋りつき、貴史は我慢できなくて唇を離した。

濡れた唇から透明な糸が引く。

貴史はそのまま声を押し殺すために東原の胸に顔を伏せた。

バスローブの隙間から覗《のぞ》く浅黒い肌に直接触れたくて、襟の合わせを大きく開いてしまう。東原は貴史のしたいようにさせておくつもりらしく、文句は言わなかった。代わりに貴史の股間を摑んで巧みに刺激する。

貴史は必死で呻き声を我慢した。

いつもそれは最初だけの些細な意地張りなのだが、なかなか矜持が捨てられないのだ。女ではないのだから、と変に頑《かたく》なになる。東原の指で喘がされる自分のはしたなさが、理性の保てるうちは恥ずかしくて仕方ないのだ。

「は、遥さんには、会われたんですか」

快感を貪ろうとするばかりの意識をどうにか拡散させたくて、貴史は聞いた。東原が遅くなったのは、無事に戻ってきた遥の顔を見に行っていたためだろうと考えたのだ。

「そんな暇があるか」

予想に反して、東原はぶすっとしたまま答える。

「俺は今、体がもう一つ欲しいほど忙しいんだ。遥をぶん殴りに行きたいのはやまやまだが、今夜くらい勘弁してやらないと、俺がまるで野暮みたいじゃねぇか」

「そう、なんですか……」

「余計な詮索はするな」

ぴしゃりと叱られて、貴史は口を噤《つぐ》むしかなくなる。

東原の指は容赦なく貴史の弱いところを責めてくる。指の腹で裏筋を擦り上げられ、蜜を滲ませはじめた先端を爪の先で抉《えぐ》るようにして刺激された。

堪らない感覚に、貴史は足の爪先を反り返らせ、噛みしめた唇の隙間から細くて長い喘ぎ声を洩らす。身動ぎした拍子にバスローブが左肩からずり落ち、ますますあられもない姿になったが、頓着していられなかった。

貴史は自分一人が痴態を観察されるのが嫌で、東原の胸に自分も手を這わせた。胸の粒を摘《つま》み上げて刺激する。東原の胸の筋肉がピクッと引きつるのがわかると、もっと熱心に触った。

「さっき、どうして起こしてくれなかったんですか」

今夜はベッドに行く時間もないくらい慌ただしく抱き合わなければならないのかと思うと、貴史は残念で、愚痴の一つも言いたくなった。東原は決して貴史と一晩共にすることはない。事がすむと、いつもさっさと服を着て帰ってしまうのだ。

「おまえがぐっすりと寝込んでいたからだ」

東原は当たり前のことを聞くなとばかりにそっけない。

「それとも無理やり起こされたかったわけか」

「……少しだけ」

東原の指は貴史の零す先走りで濡れていた。その濡れた指で茎全体を強く扱《しご》かれる。

「あぁあっ、あっ」

貴史は歓喜の交じった悲鳴を上げた。

「淫乱になったもんだな、おまえも」

「言わないでください」

誰のせいだ、と言ってやりたかった。

貴史をこんなふうにしたのは東原だ。男の味を覚え込ませ、忘れられなくさせた。最悪なのは、男ならば誰でもいいわけではなく、あくまでも東原でなければ火照《ほて》った体を静められないとわかってからだ。

「あなたは、酷い」

貴史は喘ぎながら東原の胸に顔を埋め、すっかり馴染んだ肌の感触や温度、体臭を感じた。

官能がさらに高まる。

東原の手の動きが速くなって、貴史はもう我慢できなかった。

全身を硬直させ、激しい嬌声《きょうせい》と共に東原の手の中に吐き出す。

「ああ、う……っ、う」

目尻に生理的に湧いた涙が、頭を振った拍子に頬に降りかかる。

最後の一滴まで搾《しぼ》り取られるように、達ったあとの茎を扱かれて、貴史は苦しそうに眉根を寄せ、東原に縋りついた。

「い、痛い、うう……、お願い、東原さん。もう勘弁してください」

「また硬くなってきたぜ、貴史」

「ああっ、あっ、痛い！」

「俺はどうせ酷い男だからな。おまえももっと身をもって知ればいいじゃねぇか。え？」

「僕は……僕は、酷くても……」

かまわない、と続けかけたのだが、どうしても言えなかった。

そんなふうに言えば、まるで告白するのと同じだ。

東原は貴史が自分に惚れていることなど、とっくに気づいているはずだが、口に出した途端、

二度と貴史を抱かなくなるだろう。会うこともなくなるかもしれない。貴史のそんな感情は、東原にとっては鬱陶しいだけのはずだからだ。

貴史が嚙みしめた唇に、東原がキスしてきた。

まるで強情に結ばれた唇を解きほぐすように優しく口づけられる。

気持ちがよくて貴史はうっとりとした。茎を弄る指は離れ、キスの感覚だけに集中できる。

「俺にはおまえの気持ちがさっぱり理解できんな」

「……そう、ですか?」

「ああ」

東原はまた貴史にキスする。今度はそのまま唇をずらして、顎や首筋にも移動させた。

「できないほうがいいです」

半分は本心、半分は嘘だったが、貴史には他に言いようがない。

東原は無言のまま、貴史の素足を促すように叩いて、膝を跨いで自分の上に乗るような形にさせる。そして自分の手でバスローブの紐を解き、前を開いてみせた。

股間の立派なものは完全に育っている。

ローブのポケットからローションの瓶を取り出すと、熱の籠《こ》もった目で貴史を見た。

貴史はほとんど脱げかけていた自分のローブを脱ぎ落とし、全裸になった。

そしておずおずとした手つきで東原の手にある瓶を取る。

自分の手で奥を濡らす行為は、とてつもない羞恥を感じさせるが、しなければ辛いのは貴史自身だ。いくら明日なんの仕事の予定も入っていないとはいえ、一日ベッドで過ごす羽目にはなりたくない。

東原は貴史が準備をする様子を、じっと見ていた。

まるで視姦されているような妖《あや》しい気持ちになる。

たっぷりと濡らしてから、東原の屹立したものを手で支え、入り口の襞に合わせて位置を確かめた。

このままいっきに腰を落とせば息もできないほどの衝撃に気が遠のく。

経験からそれはよくわかっていたので、貴史は少しずつ呑み込むつもりだった。

それを、東原が無情にも、貴史の細い腰に両手をあてて、強制的に引き下ろした。

「あぁあああ！」

脳髄を貫くような感覚に堪えきれず、貴史は激しい悲鳴を上げて後ろに大きく身を仰け反らせかけた。

すかさず東原が腕と背中を支えて自分の胸板に引き戻す。

あまりの非情さに、貴史は失神するかと思った。それでも東原を突き放せない。逆に頑丈な首に両腕を回して抱きつき、衝撃が引くまでぴったりと身を寄せて我慢していた。

東原の手のひらはその間ずっと貴史の背中を撫でていた。

「落ち着いたか」

貴史ははっきりと拗《す》ねていたので、頑固に首を振った。

東原がククッと笑う。

「今にもっとしてくれと泣いて縋りついてくるくせに、懲りない男だな、おまえも」

貴史はカッと赤くなった。

はっきりと否定できないところが悔しい。

しばらくは抱き合っただけで動きを止めていた東原だったが、もういいか、と前置きすると、貴史の返事も待たずに、いきなり腰を突き上げてきた。

貴史の口から甲高い悲鳴が迸《ほとばし》る。

やめて、と何度哀願しても、無駄だった。

揺さぶられて内部をめちゃくちゃに蹂躙されていくうちに、次第に貴史も陶酔《とうすい》してきて、なにがなんだかわからなくなる。

痛みよりも快感のほうが強く、考える余裕がなくなるのだ。

東原のものを奥深くに感じて、貴史はどんどん上りつめていった。

一緒に達きたい、と強く思う。

その瞬間だけは、東原が自分のものだと感じられるのだ。

「達っても、いいですか」

貴史が喘ぎながら聞くと、東原も明らかに快感に翻弄されている色っぽい顔を見せて頷いた。

「ああ。イけ」

その言葉を合図にするように、貴史は互いの腹に挟まれて刺激され続けていたものから、熱い迸りを放っていた。

ほとんど同時に、中の東原が大きく脈打って弾けたのがわかる。

体の奥に東原の精液をかけられて、貴史は極めた上にさらに感じて全身を痙攣《けいれん》させた。

そのままぐったりと東原の肩に顎を預けて抱きつく。

東原の手が、慈しむように貴史の黒髪を愛撫した。

「よかったか」

「……はい」

ああそうか、と貴史は思い出す。

これは東原の大事な男をなんとか無事に救い出したことへの、褒美だった。だから東原は今夜こんなにあちこちに優しく指を使って、貴史をうっとりとさせてくれるのだ。

まだ完全には寝不足が回復していなかったらしく、激しい快感の余韻に気怠くなった体を、東原の逞《たくま》しい体とくっつけ合っているうちに、また瞼が重くなってきた。

眠いのか、と東原に耳元で囁かれ、はい、と答えて、貴史は東原に凭《もた》れたまま全身の力を抜いていった。

東原が柄にもなく深い溜息をついた気がした。

ふわりと宙を浮くような感覚があって、自分が抱きかかえられてどこかに運ばれているのだというのは朧気《おぼろげ》にわかった。

注意深く下ろされた体を受けとめたのは、柔らかな寝具だった。

ベッドまで運んでくれたのだ。

そして東原はもう帰るのだろう。

「おやすみなさい……」

貴史は呟くように東原に言うと、泥沼にはまり込むような深い眠りに引き込まれていった。


目が覚めたら次は朝だった。

カーテンの隙間から眩《まぶ》しい光が差し込んできていて、かなり日が高くなっているのがわかる。

しかし貴史が驚いたのは、傍らに東原の姿があったことだ。

東原はまだ寝ていた。

眠っている彼を見るのは初めてだ。

信じられなくて、貴史は東原の精悍《せいかん》な顔をぼんやりと見ていることしかできない。

すると、視線を感じたのか、東原が目を開けた。

「どうした風の吹き回しですか」

貴史の言葉はどうしてもぎこちなくなる。

「俺が自分で契約しているホテルに泊まったら悪いのか」

東原は貴史の鼻を無遠慮に摘み上げると、毛布をはねのけて起き上がった。

「うだうだとつまらん意地を張らずに、そろそろ自分の気持ちに素直になったらどうだ、貴史」

「僕は……でも」

「でも、なんだ」

貴史は困惑して黙り込む。

フッと東原が意地の悪い笑いを浮かべて大きく伸びをする。

「どうでもいいがな、貴史。俺はここ最近、おまえとしかこのベッドで寝ていないんだぜ。疑うなら今度下の連中に聞いてみろ」

貴史は目を瞠《みは》った。

そんなふうに考えたことはまったくなかった。

本当だろうか。嘘でもじわり、と嬉しさが込み上げてくる。

東原はなにも貴史の気持ちを真っ向から受けとめてくれたわけではないと思うが、もしかするといつかはそうなるかもしれない。

可能性が少しでも感じられたら、貴史の気持ちは現金なくらい高揚《こうよう》した。

考えようによっては、またしても貴史は東原の手のひらで踊らされているだけなのかもしれない。

あの日、天沼のことでつい余計な差し出口を挟んでしまったときから、なにもかもが東原に仕組まれている気さえするのだ。それはあり得ないとわかってはいるが、ついそう考えたくなる。

「ところで天沼の件はどうなんだ。うまくいっているのか」

東原が思い出したようにして聞いてくる。

天沼のことは、この頃ではずっと貴史たちに任せきりにしていて、めったに進捗状況など聞かないのだが、珍しいこともあるものだ。ひょっとしたら、東原の思考も貴史と同じ経路を辿《たど》っていたのかもしれない。

「順調です」

貴史は手短に答えた。

たぶん、東原が聞きたいのは、本当はこんなことではないような気がしたからだ。

十一月のペルドロー

図らずも無人島で二泊するはめになって、助けに来てくれた佳人《よしと》と共に無事帰宅できたとき、遥《はるか》はやっと日常に戻れた心地がした。

ああ、ここが自分の家だ、とあらためて噛みしめる。

傍《かたわ》らに佳人がいることがすでに当たり前になっており、八ヶ月前までは佳人の存在すら知らなかったというのが我ながら信じられない。一緒に帰ってこられて本当によかった。

今日はまだ週の中日だ。正午前には自宅に帰り着いたので、着替えて出勤する選択肢もあった。佳人を秘書にする前までの遥であれば、一も二もなくそうしただろう。だが、今は仕事を気にするより、佳人とゆっくり過ごしたい気持ちが勝った。痛めつけられた体はあちこち酷い有様で、佳人も当然遥がこのまま休むと思っている。佳人は遥以上に精神的、肉体的に疲弊《ひへい》しているに違いない。遥が会社に出ると言えば、秘書の佳人も従わざるを得ず、遥はなにより佳人に無理をさせたくなかった。

家には通いの家政婦、松平《まつだいら》がいつものとおり家事の手伝いに来てくれていた。貴史《たかふみ》の細やかな心遣いのおかげで、少なくとも外見だけは普段と変わらぬスーツ姿で戻ってこられたため、さして驚かさずにすんだことが幸いだった。唇の端が切れて口元が少し腫れているのを訝《いぶか》しげに見られたが、元よりあれこれ詮索してくる人ではなく、何も聞かれずにすんだ。

遥は松平に、今晩は夕食の準備は必要ないと伝えた。久しぶりに自分でなにか作りたい気分だった。一人暮らし歴の長かった遥は料理もそこそこなす。冷蔵庫の中を見て作れそうなメニューを思いつけるくらいには慣れている。

「そうそう、昨日クール便が届きましたので、開梱《かいこん》して冷凍庫に入れておきました」

松平が思い出したように言う。

伝票を見てみると、山岡《やまおか》物産の三代目社長がペルドローを送って寄越《よこ》したのだとわかった。

「また面倒なものを」

遥は眉を顰《ひそ》めて呟きながらも、口で言うほど迷惑がってはいなかった。山岡はいちいち遥に挑戦的で、どうだ、これをどうする、とこちらの反応を窺って面白がる傾向がある。今度もまたそうした悪戯心《いたずらごころ》を湧かせたらしい。

ヤマウズラの若鳥を解凍しておくために冷蔵庫のほうに移動させていると、佳人が台所に来てお昼はどうしますかと聞いてきた。

「ああ、適当に寿司でも取れ」

ぶっきらぼうに返事をし、二階に上がる。

二階には洋室が二部屋と和室が一部屋あって、洋室二部屋のうちの一つを遥が寝室として使い、残りの一つを佳人が私室にしている。佳人の部屋にもシングルサイズのベッドが置かれているのだが、遥はこれを撤去しようと考えていた。そのほうがけじめがつく。いざとなっても逃げ場はないのだと己を追い込むことで覚悟ができそうだ。佳人もそれを望んでいる気がした。

「ちょっと上がってこい」

階段の上から声をかけると、佳人はすぐに二階に来た。

佳人自身の手で部屋のドアを開けさせ、室内に入る。佳人がここを私室にして以来、足を踏み入れるのは初めてだ。

部屋は綺麗《きれい》に片づいていた。そもそも物が少なく、殺風景な印象を受けるくらいだ。何かあればいつでも出て行けるように身軽なままでいるのではないかと疑いたくなるほど生活感がない。遥の寝室と広さは同じだが、寝るだけのための部屋であるそこより、こちらのほうががらんとして感じられるのには正直驚いた。今までこんなよそよそしい、いかにも仮住まいといった雰囲気の場所で寝起きしていたのかと思うと、眉間に皺《しわ》が寄る。

「物は持たない主義か」

「いえ、べつにそんなわけではないですが」

佳人は照れくさそうに顔を伏せ、睫毛《まつげ》を揺らす。遥を自室に入れるのは初めてで、プライベートスペースをじろじろと見られるのが気恥ずかしいらしい。

ベッドの他に置かれているのは、書きもの机と椅子のセットと書棚だけで、いずれも前からこの部屋にあったものだ。前任の秘書だった浦野《うらの》のために遥が用意した備え付けの家具類である。壁の一方はクローゼットの扉に占拠されている。

もっと遠慮せず部屋を好きに模様替えしろとか、オーディオセットでもパソコンでも欲しいものがあるなら買ったらどうだとか、言いたいことは山ほどあったが、それらは後回しにして、とりあえずベッドに向けて顎《あご》をしゃくった。

「もうこれは必要ないだろう。明日にでも業者に引き取らせるぞ」

「……はい」

佳人の頬に赤みが差し、あっという間に耳朶《じだ》まで色づく。

クルーザーの中でした話を遥が早速実行に移そうとしていることに、安堵《あんど》と共に面映《おもは》ゆさを感じるようだ。

遥自身、むすっとした仏頂面で平静を装ってはいるが、慣れない言動にぎくしゃくしている自覚があった。

「代わりにソファを入れてやる。カタログを見て好きなのを選べ」

「ありがとうございます」

暇があれば本を読んでいる佳人は、ソファが来ることは嬉しかったようだ。珍しく素直に頷く。日頃、何をしてやれば佳人が喜ぶのかわからずに焦《じ》れったい思いをしている遥は、こういう普通の生活の中に佳人の控えめな笑顔を見られて、胸が温かく疼《うず》いた。

今夜から毎晩一つのベッドで寝るのかと思うと、遥もにわかに緊張してきた。これまでずっと仕事一辺倒できたので、色事とはあまり縁がなかった。欲情することも稀《まれ》で、セックスなどなくても不自由を感じずにすんでいたのだが、佳人と会って以来、我ながらどうしたのかと首を傾げたくなるほど欲が強くなってしまった。これでますます自制が利かなくなりそうだ。

「その気になったら毎晩求めるかもしれない。覚悟しておけ」

「おれは……かまいません」

佳人が躊躇《ためら》いがちにも大胆な返事をする。本当にそうされてもいいと思っているのが伝わってきて、遥のほうが佳人に捕まった心地になる。

「出前はもう頼んだのか？」

「あ、いいえ、まだです。すみません」

狼狽《うろた》える佳人の腕を摑み、遥は黙って廊下に出た。

そのまま向かいのドアを開け、ダブルベッドが据えられた部屋に連れ込む。

一昨日までは遥一人の寝室だったが、今夜からは二人の寝場所だ。体の関係を結んで数ヶ月になるが、今回のような事件が起きなければまだ当分の間はべつべつの場所で寝起きする生活を続けていただろう。我ながら呆《あき》れるほどの要領の悪さだ。不器用同士が一緒になると、普通の恋人同士にとっては当たり前のことがなかなかすんなりといかず、周囲を焦れったがらせてばかりいる。それでも、それが二人の性分なのだから仕方がない。一歩ずつ前に進んでいけばいいと遥は思う。今回の一件は大きな前進だ。

ダブルベッドを前にして佳人は戸惑いを隠せずにいる。

遥はかまわず服を脱ぎだした。

こんなときはなにを喋っても陳腐《ちんぷ》になるようで、いっそう無口になってしまう。

二晩もまともに布団で休めなかったから寝足りていないのだとか、昼飯の代わりに別のものが欲しくなったとか、言おうと思えば言えそうなセリフはいくつか頭を掠めたが、いずれも柄ではないと自嘲《じちょう》して早々に却下した。

じっと突っ立ったままだった佳人が、じわじわと手を動かしてシャツのボタンを外しだす。一言も交わさず裸になってベッドに上がって待っていると、少し遅れて佳人もスプリングを揺らして乗ってきた。

レースのカーテン越しにまだ高い位置にある太陽の日差しが入り込んでいて、室内は明るい。

佳人は遥の体についた打撲の痕を痛々しげに見て、痣《あざ》の一つ一つに口づけを落としていく。昨夜から何度も確かめているはずだが、目にするたびに辛くなるようだ。

遥はそんな佳人に愛しさを膨らませ、体勢を変えてシーツに押さえつけ、腹の下に敷き込んだ。頰にかかる髪を払いのけ、清廉《せいれん》な美貌を間近から見下ろす。

佳人がそっと、誘うように目を閉じた。同時に唇を緩めて薄く隙間を作る。

遥は昨晩から持て余し気味の欲求に抗《あらが》わず、佳人の体を抱きしめた。

キスを望んでいる唇を塞ぎ、舌を差し入れる。

綺麗に筋肉のついたしなやかな腕が遥の背中に回され、抱きついてくる。

舌と舌を絡ませる濃厚なキスを交わす一方、佳人の太股を膝で割り開いて足の間に腰を挟む。

足の付け根の男性器は硬くなって形を変えつつあった。遥だけでなく佳人もその気になっているのがはっきりとわかり、遥は満足して目を細くする。

「このまま挿《い》れてもよさそうだな」

指でまさぐり確かめた佳人の秘口は、クルーザーで繰り返し交わした行為の熱がまだ冷めていないようで、しっとりと柔らかく解れている。遥が唾で濡らした指を潜らせると、ヒクヒク淫らに喘いで貪婪《どんらん》に引き込もうとした。

「……聞かないでください」

佳人は羞恥に顔を火照《ほて》らせ、消え入りそうな声で返すと、首を倒してそっぽを向く。

遥は佳人の腰を抱え上げると、猛った陰茎を物欲しげに蕩けた襞《ひだ》の中心に突き入れ、細い体を貫いた。


自宅に帰ってこられた安堵で張り詰めていた気が緩んだのか、佳人は遥に揺さぶられて法悦を極めると、そのまま意識を薄れさせて眠ってしまった。

遥も佳人に寄り添うようにして眠り、気がつくと夕方になっていた。

家政婦の松平はとうに引き揚げている時刻だ。

よほど疲れが溜まっていたのか、佳人はまだぐっすりと眠り込んでいる。遥はしばらく傍らで佳人の顔を眺めたあと、ベッドを下りた。

二階のトイレの手洗いでタオルを絞り、ザッと汗や精液を拭って部屋着を着る。

これから風呂を沸かしてなにかちょっとした手料理を作り、佳人を起こして二人で食べる。そんな日常を取り戻せたことに感謝する。

台所で冷蔵庫を開けたとき、遥の目に飛び込んできたのは山岡が送りつけてきたヤマウズラの若鳥丸ごと一羽だ。

ああ、そうだった、と頭が痛くなる。この山岡からの憎たらしい挑戦を受けて立たねばならない。負けず嫌いが頭を擡《もた》げ、松平に頼んでどうにかしてもらおうという逃げは考えなかった。

遥は意外と季節の節目の行事は好きで、自分なりの愉《たの》しみ方を持っている。反面、誕生日やクリスマス、バレンタインデーのように特定の日にちに特別なことをする習慣はない。ただでさえクリスマスとは無縁できたのに、ヤマウズラの若鳥を丸ごと料理するなど初の試みだ。しかし、遥は面倒なことがそれほど苦手ではないし、とにかく意地っ張りなのでどうにかして形にしてみせると心に決めた。

佳人に勉強しろと渡してあった料理本を捲り、チキンのオレンジ風味ローストというレシピを見つけたので、それを手本にやってみることにする。今夜下準備をして、明日焼いて食べることになりそうだ。手間暇のかかる料理だが、厄介であればあるほど遥はやる気になった。蕎麦《そば》でもうどんでも粉から自分で捏《こ》ねて打つのが好きだ。

レシピに書かれた材料が揃うかどうかチェックしていると、佳人が下りてきた。

「遥さん、何を作るんですか。おれも手伝いますよ」

「夕飯はカレーでも作る。それから、明日のための下拵《したごしら》えだ」

佳人は冷蔵庫を覗いて、大きく場所を取っている若鳥一羽に目を丸くする。

「そんなものにいつまでも冷蔵庫を占拠されていては精神衛生上よくない。さっさと始末してやる。こっちは手伝わなくていいから、おまえはカレーを作れ」

「そうします」

今晩の夕食は佳人に任せ、遥はペルドローに挑むことにした。

解凍した肉を水で洗い、内臓を取り出してキッチンタオルで水気をしっかりと拭き取る。それをパットに入れて、肉の内側と外側に塩胡椒をし、オレガノとタイムを擦りつける。玉ねぎ、にんじん、セロリといった野菜を刻んで肉の周りに置き、ラップをかけて冷蔵庫で寝かす。

足りない材料は明日、昼のうちに松平に買い物を頼むべく、メモにした。

佳人は手際よくカレーを作り、遥が風呂から上がる頃合いを見計らってよそってくれた。

辛口のビーフカレーで、コクがあって美味しかった。

「おまえは本当に器用だな」

はじめの頃は包丁の握り方からして怪しかったが、呑み込みがいい上に人一倍努力するのであっという間にいろいろできるようになった。そんな佳人から、「明日は楽しみにしています」など控えめな口調で期待をちらつかされると、なんとしてでも成功させなくてはと意地が出る。

その日の晩はさすがにおとなしく並んで寝た。

佳人の体に負担をかけすぎるのは本意ではない。今後はなるべく週末だけにしようと自戒《じかい》する。それが佳人にとっていいのか悪いのかは聞いてみなければわからないが、自分の性格からして、おそらく聞くことはないだろう。したいなら佳人から求めてくるだろうとも思ったし、できればそうして欲しかった。

翌日、午後六時過ぎに帰宅した遥は、一晩寝かせておいたペルドローが作業台の上に出されているのを見て、松平が指示どおりにしてくれたことに感謝した。帰り際に冷蔵庫から出してくれたらしく、いい具合に肉が室温に戻っている。頼んでおいた買い物にも抜かりはなかった。

台所が気になるのか佳人が顔を見せたが、できたら呼ぶ、と言って追い払った。

「おまえはソファのカタログでも捲っていろ」

無愛想な態度を取ってしまうのは、一朝一夕には変えられない。

ペルドローの中に詰めるものを作る。

適当な大きさに切ったパンチェッタ、玉ねぎ、マッシュルームを炒め、水分がなくなったところで吸水させておいた米を入れる。三分ほど軽く炒めたあと白ワインを加え、これをまた水分がなくなるまで炒める。これにお湯を加えて炊き上げ、仕上げに塩で味を調えれば出来上がりだ。

熱いうちにペルドローの腹に詰めるのだが、この際、首の部分を楊枝《ようじ》で塞ぎ、お尻のほうからスプーンで詰めていく。詰め終えたら下の方も楊枝で閉じ、足をたこ糸で一纏めに括《くく》って形を整える。

あとはオーブンで焼くだけだ。

マリネにした野菜を天板に敷き、その上にペルドローを置く。オレンジジュースとチキンストックを振りかけ、アルミホイルを被せる。付け合わせにするジャガイモもホイルに包んで一緒に焼く。あらかじめ熱しておいたオーブンでおよそ一時間半だが、一時間くらいを目安に一度焼け具合を確かめて、温度と残り時間を調節する。

手間と時間のかかる料理だ、と洗いものをしながら遥は溜息をついた。おそらくもう二度と作らないだろう。どちらかといえば遥は和食党だ。飲むなら日本酒だし、そもそも、西洋料理はどうも自分とは雰囲気が合わない気がして、レストランでも居心地が悪い。

洗いものをすませ、濡れた手をエプロンで拭いていると、食堂を挟んだ先にある茶の間のほうで携帯電話が鳴る音がし始めた。

『やぁ、黒澤《くろさわ》。そろそろオレの贈ったチキンが焼ける頃じゃないかと思って電話してみたんだが』

飄然《ひょうぜん》とした態度でかけてきたのは山岡物産の三代目社長だ。遥と同年輩で、なにかと張り合いたがる男である。祖父が創業した会社を父親から引き継いだ根っからの御曹司だが、人を食った言動をしばしばして、遥を苛立たせる。仲がいいのか悪いのか、傍目《はため》には元より、自分たち自身も定かでないという微妙な関係だ。

「ヤマウズラの若鳥は機嫌よく焼けてくれている最中だが、あいにく俺の機嫌はいまいちだ」

『あはは、のっけから牽制《けんせい》するわけか。まぁそう冷たいこと言わず、赤ワインのいいのを持っていくからオレもお相伴に与《あずか》らせてくれないか。佳人君と二人じゃ食べ切れないだろう』

「いらん。よけいなお世話だ」

『じゃあ、ワインだけでも届けさせてくれ。せっかく選んでおいたんだ』

「迷惑だから来るな。うちにもビールはある。それで事足りるから、自慢のワインはきみが一人で飲め。じゃあな」

一方的に言うだけ言うと遥は通話を切って、電源をオフにした。

せっかく佳人と二人で手の込んだ料理を食べようとしているところに邪魔が入っては面白くない。機嫌の悪い遥を前にすれば佳人も困るだろう。遥には山岡がいて態度を取り繕える自信が皆無だ。おとなげない話だが、実際そうなるに違いないので仕方がない。

「遥さん？」

すごくいい匂いがします、と佳人がふわりと笑いかけながら台所に入ってくる。

オーブンからチキンを出して焼け具合の完璧さを確認していた遥は、ちらりと佳人を一瞥《いちべつ》し、

「ソースを作ったら完成だ」

とそっけなく教えた。

「すごいですね。焼き色がとても綺麗で、食欲をそそられます。なんだか今夜はクリスマスイブのような錯覚を起こしそうです」

「クリスマスイブにはなにをする予定もないから期待するな」

冷ややかなセリフを吐きながら、遥は自分で自分の強がりを信じていなかった。

佳人がまたこんなふうに歓喜した顔を見せてくれるなら、なんでもいいから口実を設《もう》けて普段とちょっと違ったことをしてやろうと思う。クリスマスイブにもきっと何か考えていそうな自分を予感した。

ソースは肉を取り出したあと天板に残っていたチキンストックを漉《こ》して鍋に入れ、油分をあらかた取った上でコーンスターチを加え、とろみをつけて作る。

食卓についた佳人は、チキンに手をつける前に、遥の顔を正面から見つめ、深々と頭を下げた。

「おれ、昨日はつい言いそびれていました」

なんだ、と眉根を寄せた遥に、佳人は真摯《しんし》なまなざしを向けてくる。

「お帰りなさい、遥さん。ご無事で本当になによりでした」

そんなふうにあらたまられると遥は弱い。鼻の奥がツンとしかけ、わざと突《つ》っ慳貪《けんどん》に、

「食うぞ」

と言って、ナイフとフォークを手に持ってチキンを切り分けだした。

あとがき

情熱シリーズ二冊目にあたります本著、一冊目に引き続き新装版をお届けすることができて光栄です。お手に取ってくださいましてありがとうございます。書き下ろしのショート小説ともども、お楽しみいただけますと幸いです。

「ひそやかな情熱」で結ばれた遥と佳人ですが、人生山あり谷あり、二人のそれは格段に波瀾万丈に設定されているようで、今回は遥さんがちょっと痛い目に遭います。そして、その事件を通して、二人はより絆を深めることになるわけです。

初版発行時、本著に対してお寄せいただいた感想の中で最も心に残っているのが、「えっ、普通、逆じゃないの？」というお言葉でした。確かに、私もBL作品の主流は、立場が逆のケースが多い気がします。なぜこんなふうにしたのか自分でも今ひとつはっきりしないのですが、こういう目に遭うなら佳人より遥さんのほうがより色っぽいかもしれないと、思ったような思わなかったような……。

新たに登場する執行貴史さんは、以降もシリーズのメインキャラクターの一人になる人です。ときどき、東原さんと貴史さんの組み合わせは、主人公カップルを凌ぐ勢いで「もっと書いてください」とありがたいリクエストをいただきます。作者冥利に尽きるといいますか。おかげさまで「艶悪」というスピンオフ作品を書くことができました。そのほか、二人が主役として登場するドラマＣＤ（ムービックより発売）をオリジナル脚本で作っていただきもしています。遥さんと佳人同様、東原さんと貴史の行く末も最後まで見届けてくださいますと嬉しいです。

本著でもイラストは円陣闇丸先生に以前描いていただいておりましたものを、使わせていただきました。どうもありがとうございます。

イラスト自体は同じでも、デザインが変わることでカバーのイメージは新しくなっているかと思います。どんなふうにアレンジされるのか、私も完成品を見るのが楽しみです。

書き下ろしのショートは、「一手間かけた料理」がテーマの第二弾です。短いですが、二人の日常を覗き見する感覚でお楽しみいただければと思って執筆しました。

次回はシリーズ三冊目の「情熱の飛沫」にてお目にかかります。季節が一巡りして、また春というか初夏あたりの話になります。そういえば、情熱シリーズはなんとなく季節感のある話が多い気がします。こちらもまた、どうぞよろしくお願いいたします。

文末になりましたが、この本の制作にご尽力くださいましたスタッフの皆さまに厚くお礼申し上げます。

それでは、すぐに次の本でご挨拶できることを願いつつ。

遠野春日拝

◆初出一覧◆

情熱のゆくえ　／「情熱のゆくえ」（'02年4月株式会社ムービック）掲載
一途な夜　／「情熱のゆくえ」（'02年4月株式会社ムービック）掲載
十一月のペルドロー　／書き下ろし

遠野春日の大人気
「情熱」シリーズが、
BBNで復活!!
黒《くろ》澤《さわ》 遥《はるか》
6つの会社を経営する青年実業家。子供の頃親に捨てられ苦労して育つ。無口で不器用なため素直になれない性格。
久《く》保《ぼ》佳《よし》人《と》
親の借金のため、香西組組長に10年間囲われていた過去を持つ。芯のしっかりした美貌の青年。
「ひそやかな情熱」
BBN B-BOY NOVELS NOVEL 遠野春日
イラスト／円陣闇丸
大好評発売中!!
定価945円（税込）
組長の逆鱗に触れ、捨てられるところを実業家の遥に拾われる、美貌の青年佳人。佳人は遥の傲慢かと思えば優しく触れてくる、その振る舞いに翻弄される日々を送るが…。新作書き下ろしつきで復活！
連続発売記念
全員サービス開催!!
かき下ろし小冊子♥
待望のシリーズ新作登場!!
2013年初春発売予定！
お楽しみに♪
BBN「情熱のゆくえ」
大好評発売中!!
BBN「情熱の飛沫」
10月19日（金）発売予定
BBN「情熱の結晶」
11月19日（月）発売予定
BBN「さやかな絆 -花信風-」
12月19日（水）発売予定
最寄の書店またはリブレ通販にてお求め下さい。
リブレ通販アドレスはこちら
リブレ出版のインターネット通信販売
Libre
PC http://www.libre-pub.co.jp/shop/
Mobile http://www.libre-pub.co.jp/shopm/

ビーボーイ小説新人大賞

「このお話、みんなに読んでもらいたい！」
そんなあなたの夢、叶えてみませんか？

小説 b-Boy、ビーボーイノベルズなどにふさわしい小説を大募集します！
優秀な作品は、小説 b-Boy で掲載、
公式携帯サイト「リブレ＋モバイル」で配信、またはノベルズ化の可能性あり
また、努力賞以上の入賞者には担当編集がついて個別指導します。
あなたの情熱と新しい感性でしか書けない、楽しい小説をお待ちしてます!!

募集要項

作品内容

小説 b-Boy、ビーボーイノベルズなどにふさわしい、商業誌未発表のオリジナル作品。

資格

年齢性別プロアマ問いません。

注意

・入賞作品の出版権は、リブレ出版株式会社に帰属いたします。
・二重投稿は、固くお断りいたします。

応募のきまり

★応募には小説 b-Boy 掲載の応募カード（コピー可）が必要です。必要事項を記入の上、原稿の最終ページに貼って応募してください。

★〆切は、年2回です。年によって〆切日が違います。必ず小説 b-Boy の「ビーボーイ小説新人大賞のお知らせ」でご確認ください。

★その他注意事項は全て、小説 b-Boy の「ビーボーイ小説新人大賞のお知らせ」をご覧ください。

ビーボーイイラスト新人大賞

あなたのイラストで小bや
ビーボーイノベルズを飾って下さい★

目指せ プロデビュー！

募集要項

作品内容

商業誌未発表の、ボーイズラブを表現したイラスト。

資格

年齢性別プロアマ問いません。

注意

・入賞作品の権利は、リブレ出版株式会社に帰属いたします。
・二重投稿は、固くお断りいたします。

応募のきまり

★応募には各雑誌掲載の応募カード（コピー可）が必要です。必要事項を記入の上、作品1点の裏に貼って応募してください。

★〆切は、年2回です。年によって〆切日が違います。必ず各雑誌の「ビーボーイイラスト新人大賞のお知らせ」でご確認ください。

★その他注意事項は全て、各雑誌の「ビーボーイイラスト新人大賞のお知らせ」をご覧ください。

ビーボーイノベルズをお買い上げ
いただきありがとうございます。
この本を読んでのご意見・ご感想
をお待ちしております。

〒162-0825 東京都新宿区神楽坂6-46
ローベル神楽坂ビル4階
リブレ出版㈱内 編集部

リブレ出版WEBサイトと携帯サイト「リブレ+モバイル」でアンケートを受け付けております。
各サイトにアクセスし、TOPページの「アンケート」から該当アンケートを選択してください。
ご協力をお待ちしております。

リブレ出版WEBサイト　http://www.libre-pub.co.jp
リブレ+モバイル　http://libremobile.jp/
(i-mode, EZweb, Yahoo!ケータイ対応)

BBN
B●BOY NOVELS

情熱のゆくえ

2012年9月20日　第1刷発行

著　者――遠野春日

発行者――太田歳子
発行所――リブレ出版 株式会社
〒162-0825
東京都新宿区神楽坂6-46ローベル神楽坂ビル
営業　電話03(3235)7405　FAX03(3235)0342
編集　電話03(3235)0317
印刷所――株式会社光邦

この書籍の用紙は全て日本製紙株式会社の製品を使用しております。

Printed in Japan
ISBN 978-4-7997-1190-3